AF394879

ESOPE

A LA COUR,

COMEDIE HEROIQUE.

Par feu Mr BOURSAULT.

A PARIS,

Chez DAMIEN BEUGNIE, à la
grand' Sale du Palais, au Pillier des
Consultations.

M. DCCII.

AVEC PRIVILEGE DU ROY.

A MADAME
MADAME
DE VILLEQUIER.

ADAME,

*Voicy les derniers hommages d'un
Autèur que vous avez honoré de vôtre
eſtime pendant ſa vie, & de vos regrets
à ſa mort: & je ne ſaurois rien faire de
plus glorieux pour ſa mémoire, que de*

remplir ſes ſouhaits en executant le deſſein qu'il avoit formé, de mettre ſous l'honneur de vôtre Protection, MADAME, celui de tous ſes Ouvrages qu'il en eût crû le moins indigne, s'il avoit eu le tems d'y donner toute ſa perfection, C'eſt donc Eſope qui cherche à paroître ſous un auſſi beau Nom que le vôtre, pour faire, s'il eſt poſſible, un peu oublier ſa laideur. A qui pouvoit-il mieux conſacrer ſes maximes de vertu qu'à une Femme ſi vertueuſe? Quelle plus juſte preuve de toute ſa morale que toute vôtre conduite? Et qui peut mieux enfin autoriſer ſes Fables à la Cour, que vous, MADAME, qui en êtes & l'ornement & l'exemple? Ne m'allez vous point déja impoſer ſilence, Vous, MADAME, qui n'avez à la fin accepté qu'à de ſi rigoureuſes loix l'hommage que feu Monſieur Bourſault avoit pris la liberté de vous deſtiner? Je vous avouë que je ne puſt alors m'ĕpêcher de murmurer un peu de cette modeſtie que j'avois admirée tant de

fois,& que je vous trouvay bien injuf-
te, d'eftre fi ennemie de, loüanges &
de les mériter fi bien. Sans vous, MA-
DAME, fans vos défenfes, que n'aurois-
je pas dit de ce Mérite encore fupe-
rieur à voftre Rang; de cette grandeur
"Ame qui vous éleve fi fort audeffus
de vôtre Séxe; de cette Beauté fi écla-
tante,& en même tems fi modefte, qui
ne veut infpirer que du refpect; de cette
Majefté répanduë fur touce votre Per-
fonne, fur toutes vos actions; de cette
douceur prévenante, de cette aimable
égalité qui vous gagne tous les cœurs;
de cette Bonté naturelle qui laiffe un
fi libre accez à tous ceux qui y ont re-
cours; de cette pénétration d'efprit; de
de cette élevation de fentimens; de ce
difcernement fi jufte; de cette folidité
fi rare..... Mais pourquoy faut-il re-
tenir mon Zéle? Eft-ce ma faute, MA-
DAME, s'il me trahit malgré moy?
Eft-il fi facile de ne pas s'oublier auprés
de vous? Et en faveur de tant de
refpect, ne me pafferez-vous point un

peu de désobeïssance ? Que vous ay-je
dit au prix de tout ce que j'aurois à
vous dire, au prix de tout ce que je re-
ssens ? L'effort que je me fais pour me
taire est encore assez grand pour mériter que vous m'en teniez un peu compte, & que vous daigniez accepter les
témoignages respectueux & sinceres de
la profonde veneration avec laquelle
je suis,

MADAME,

Vôtre tres-humble & tres-
obeïssante Servante,
M. MILLEY BOURSAULT.

AVIS
AU LECTEUR.

ON n'a pas donné cet Ouvrage au Public comme une piece fort exacte dans toutes les regles du Théatre, mais comme d'excellens traits de morale, & de parfaitement beaux Vers qu'avoit composez feu Monſieur Bourſault , en attendant qu'il y donnât lui-même tout le jeu & toute la liaiſon qui y étoient neceſſaires. La mort l'a empêché d'y mettre la derniere main : & c'eſt ce qui y a laiſſé quantité d'endroits, auſquels il n'eût pas manqué de donner toute une autre forme. On ſait aſſez quel étoit ſon heureux genie & ſa facilité à mettre ſes Ouvrages dans le point qu'il faut pour plaire : & cela ſuffit pour le juſtifier , & pour faire paſſer les bons eſprits ſur tout ce qui a arreſté les eſprits critiques & difficiles. On ne dit rien icy de plus ny ſur l'Ouvrage, ny ſur l'Auteur , dont on donnera bien-tôt au Public *des Oeuvres Poſthumes.* On avertit ſeulement que la troiſiéme Scene du troiſiéme Acte n'eſt imprimée en caractere differend , que parce qu'on ne la joüe pas fur le Théatre ; n'y étant pas tout-à-convenable. Il faut pourtant avoüer que cette Scene eft trés bonne en foi : & que le motif fur lequel Efope preffe fon Athée de croire, s'il n'eft pas bien convainquant, eft du moins tres-raifonnable. Il ne s'agiffoit pas icy de convaincre un Philofophe fur l'exiftence des Dieux : mais de combatre dans un Courtifan un deffaut commun à la Cour, de n'y pas croire grand' chofe : Il eft conftant que la plûpart des Gens de ce caractere ne doutent pas avec fondement, mais feulement par libertinage, & parce qu'ils veulent douter & qu'ils n'envifagent la Mort que comme fort éloignée. L'expérience fait affez voir que rien au monde n'eft plus foible dans le péril& à la vûë d'une mort prochaine que la plûpart de ces Efprits forts : C'en eft affez pour autorifer Efope à leur faire des reproches , de ce qu'ils ne veulent pas croire dans leur vie ces mêmes Dieux qu'ils invoquent à la mort.

APPROBATION.

J'Ay lû par ordre de Monfeigneur le Chancelier un Manufcrit intitulé *Efope à la Cour*, *Comedie Héroique*, dans lequel je n'ai rien trouve qui me paroiffe en devoir empêcher l'impreffion. Fait à Paris, ce 14. Janvier 1702. LE MARQUE TILLADET.

PROLOGUE.

UN PETIT GENIE.

QUe direz-vous, Messieurs, à moins d'être
   indigens,
De voir d'abord paroître un Marmot sur la Scene ?
Est-il a préfumer que je vaille la peine
   D'amufer tant d'honnêtes Gens ?
Au bonheur d'être grand j'aurois tort de prétendre;
   C'eft un bien qui m'eft interdit :
L'Auteur pour fon Génie ayant voulu me prendre,
Se faut-il étonner que je fois fi petit ?

Je laiffe aux grands Efprits à choifir dans l'Hiftoire
   Des Evenemens de grand poids ,
C'eft un fi vafte Champ que le Champ de la Gloire
Qu'on y peut arriver par differens endroits.
Les Grecs & les Romains ont épuifé les veilles
   Des Racines & des Corneilles :
Moliére a critiqué les Habits & les Mœurs ;
Et je fouhait·rois, avec l'aide d'Efope ,
   Pouvoir déraciner des Cœurs
   Les Vices qu'on y dévelope.

  ,, Quel petit Génie eft ce là ?
   Diront ceux qui font las des Fables :
,,Pour qui nous croit-il prendre en debitant cela ?
   Pour qui ? Pour des Gens raifonnables ;
Pour des Gens de bon goût , qui loin d'être l'appui
   Des impertinences d'autrui,
Sont ravis de les voir pour s'empêcher d'en faire.

Les plus judicieux Conseils
A nous porter au bien servent moins d'ordinaire
Que les fautes de nos pareils.

Ne vous attendez pas à des éclats de rire
dans ce qu'on va representer :
L'intention de la Satyre
Est d'instruire & non de flatter.
Quoique depuis Esope , il plaise aux Destinées,
Avoir fait écouler plus de deux mille années,
(Ou la Chronologie a tort ;)
Tous les hommes étant des Hommes,
Ceux des siécles passez & du tems où nous sommes
Ont toujours eu quelque rapport.

Si quelqu'un par hazard d'un mauvais caractére
S'y trouve si bien peint qu'il soit presque parlant ,
Il ne tient qu'à lui de bien faire ,
Il ne sera plus ressemblant.

Je ne vous dis rien de l'Ouvrage ;
S'il mérite vôtre suffrage
Sans vous le demander il est sûr de l'avoir.
Mon but en le faisant, fut l'honneur de vous plaire:
C'est le plus digne salaire
Que j'en puisse recevoir.

Fin du Prologue.

PERSONNAGES.

CRESUS, Roy de Lydie.
ESOPE, Miniſtre d'Etat.
TIRRENE, } Du Conſeil de Creſus; Se-
TRASIBULE, } crets Ennemis d'Eſope.
IPHIS, Favory diſgracié.
ARSINOE', Princeſſe, Parente & Maîtreſſe de Creſus.
LAIS, Confidente d'Arſinoé.
PLEXIPE, Fade Courtiſan.
RODOPE, Maîtreſſe d'Eſope.
LEONIDE, Eſclave de Thrace, Mere de Rodope.
IPHICRATE, Vieux Général d'Armée.
CLEON, Jeune Colonel.
Mr GRIFFET, Financier.
ATIS, Capitaine des Gardes de Créſus.
LICAS, Domeſtique d'Eſope.
GARDES.

La Scene eſt à Sardis, Ville Capitale de Lydie.

ESOPE
A LA COVR.
COMEDIE HEROIQUE.

ACTE PREMIER.

SCENE PREMIERE.

TIRRENE, TRASIBULE.

TIRRENE.

 ON, je ne puis garder plus long-tems le silence ;
Ma haine pour Esope a trop de violence.
Crésus infatué d'un objet si hideux
Le voiant de retour nous néglige tous deux.
Nôtre zele est suspect, quelque pur qu'il puisse être :
De l'esprit de ce Prince il s'est rendu le maître :
Pour l'obseder lui seul il l'éloigne de nous :
Et prêt à l'abimer vous hésitez !

A

TRASIBULE.

Moi ?

TIRRENE.

Vous.

Quel sujet vous oblige à differer sa perte ?
Prenons l'occasion qui nous en est offerte.
Nous avons de la fourbe un fidele témoin,
A détromper Crésus apliquons nôtre soin.
Qu'attendez-vous ?

TRASIBULE.

J'attens que nous lui voions faire
Ce qu'avant son voiage il faisoit d'ordinaire.
Ebloüi d'un tresor, qu'il ne pouvoit trop voir,
Il l'alloit visiter le matin & le soir.
Ne le détournons point de sa premiere route ;
Et craignons qu'en ce lieu quelqu'un ne nous écoute,
Des Etats de Crésus aiant fait tout le tour
Avec un bien immense il en est de retour ;
Et son tresor grossi grossira la tempête
Qui demain au plus tard, doit écraser sa tête.
Soïez dans vôtre haine aussi ferme que moi ;
Et croïez....

TIRRENE.

Parlez bas : il vient avec le Roi.
Du retour de ce traître il a l'ame charmée.

SCENE II.

CRESUS, TIRRENE, TRASIBULE,
ESOPE, IPHIS, SUITE.

CRESUS à *Tirrene & à Trasibule*.

TRouvez vous au Conseil à l'heure accoûtumée.
Allez. Demeure Esope. Et vous, Iphis, sortez.

IPHIS.

Eh ! Seigneur, se peut-il qu'aprés tant de bontez ?

CRESUS.

Mon ordre est une Loi : c'est moi qui vous l'annonce.
Sortez. Je ne veux point d'inutile réponse.

IPHIS.

Si mon zele...

CRESUS.

Je hais les discours superflus.
Iphis, sortez, vous dis-je, & ne me voiez plus.

SCENE III.

CRESUS, ESOPE.

CRESUS.

POur toi, mon cher Esope, il faut que je t'avoüe
Que de ton équité tout le monde se loüe.
Il n'est grands ni petits des endroits d'où tu viens
Qui ne fasse des vœux pour mes jours & les tiens.
Aprés avoir été par l'ordre de ton Prince,
Réformer les abus de Provinte en Provinte,
Il ne te restoit plus qu'à hâter ton retour
Pour venir réformer les abus de ma Cour.
Rens les vices affreux à tout ce que nous sommes ;
Tous les hommes en ont, & les Rois sont des hommes.
Le Ciel qui les choisit les éleve assez haut
Pour faire voir en eux jusqu'au moindre deffaut.
Loin de flater les miens dans ce degré suprême,
A corriger ma Cour, commence par moi-même ;
Regle ce que je dois suivant ce que je puis ;
Et rens moi digne, enfin, d'être ce que je suis.

ESOPE.

Seigneur, vous obeïr est ma plus forte envie :

C'eſt à vous que mon zéle a conſacré ma vie :
Mais dans l'heureux état où vos bontez m'ont mis
Ne me commandez rien qui ne me ſoit permis.
Il eſt beau qu'un Monarque auſſi grand que vous
   l'êtes ..
Pour s'immortaliſer faſſe ce que vous faites :
Qu'au gré de la juſtice il régle ſon pouvoir ;
Et qu'exemt de deffauts il ait p ur d'en avoir.
Mais ſi vous en aviez, quel homme en vôtre Impire
Seroit aſſez hardi pour oſer vous le dire ?
Ce n'eſt point pour les Rois qu'eſt la ſincérité.
Tout ſe farde à la Cour juſqu'à la verité.
L'encens fait un plaiſir dont l'ame extaſiée
Jamais juſqu'à ce jour ne s'eſt raſſaſiée,
Et l'on étale aux Rois d'un plus tranquille front
Les vertus qu'ils n'ont pas que les deffauts qu'ils ont.

CRESUS.

Et c'eſt, mon cher Eſope, à quoi, s'il eſt poſſible,
Tu me dois empêcher d'avoir le cœur ſenſible.
Quel Monarque a-t'on vû, pendant qu'il a régné
Qui de mille vertus ne fût accompagné ?
Les Rois qui ſur ma teſte ont tranſmis la Couronne
Ont eu, quand ils regnoient, tous les noms qu'on me
   donne ;
Et ceux, aprés ma mort, qui me ſuccederont
Les auront à leur tour pendant qu'ils régneront.
Par là je m'aperçois, ou du moins je ſoupçonne
Qu'on encenſe la place autant que la perſonne ;
Qu'on me rend des honneurs qui ne ſont pas pour
   moi ;
Et que le Trône enfin l'emporte ſur le Roi.
Si tu veux que ta foi ne me ſoit point ſuſpecte
Ne ſouffre dans ma Cour nul flateur qui l'infecte.
L'équité qui par tout ſemble emprunter ta voix,
Eſt ce qu'on s'étudie à déguiſer aux Rois.
Pour me la faire aimer, fais-la moi bien connoître ;
Je t'en prie en ami, je te l'ordonne en Maître.

Je suis jeune, & peut-être assez loin du tombeau ;
Mais que sert un long Regne, à moins qu'il ne soit
    beau ?
De ton zele pour moi donne-moi tant de marques
Que je ressemble un jour à ces fameux Monarques
Qui pour veiller, deffendre, & régir leurs Etats
En sont également l'œil, l'esprit & le bras.
Guide mes pas toi-même au chemin de la Gloire.

ESOPE.

Les Rois presque toûjours y vont par la victoire :
Leurs plus nobles travaux sont les travaux guerriers.
Eh ! quel Prince a-t'on vû plus couvert de lauriers ?
Aprés avoir des fois vû Samos dans vos chaînes,
Vaincu cinq Rois voisins, & fait trembler Athènes,
Pour en vaincre encore un, qui les surpasse tous,
Vous n'avez plus, Seigneur, à surmonter que vous.
Sans être Conquerant, un Roi peut être Auguste.
Pour aller à la gloire, il suffit d'être juste.
Dans le sein de la paix faire de toutes parts
Dispenser la Justice & fleurir les beaux Arts ;
Proteger vôtre Peuple autant qu'il vous révére,
C'est en être, Seigneur, le véritable Pere ;
Et Pere de son Peuple est un titre plus grand
Que ne le fut jamais celui de Conquérant.
Je vous parle, Seigneur, en serviteur fidéle.

CRESUS.

Eh ! qui sait mieux que moi la grandeur de ton
    zele ?
Poursuis. N'interroms point des avis si prudens :
Et des soins du dehors passe à ceux du dedans.
Examine ma Cour, & n'y souffre aucun vice :
Bannis-en les abus : chasses-en l'injustice :
Ta bonté pour le Peuple a pris des soins si grands....

ESOPE.

Que le Peuple & la Cour, Seigneur, sont différens !
Quoiqu'on nomme le Peuple un Monstre à plusieurs
    têtes,

A iij

Si les uns sont grossiers, les autres sont honnêtes.
Dans les moins délicats j'ai trouvé tant de foi
Qu'une seule parole est pour eux une Loi.
La Cour, en aparance, a bien plus de justesse :
C'est le séjour de l'art & de la politesse :
Mais combien de chagrins y faut-il essuier ;
Et sur quelle parole ose-t'on s'apaier ?
Tout rares qu'ils y sont, les amis s'embarrassent ;
Tels voudroient s'étouffer que l'on voit qui s'em-
    brassent :
Pour un dont la vertu trouve un heureux destin
Mille vont à leur but par un autre chemin :
L'un, qui pour s'élever n'a qu'un foible mérite,
Sous un dehors zélé cache un cœur hipocrite :
L'autre met son étude à vous donner des soins
Quand il sait que vos yeux en seront les témoins ;
Celui-ci fait du jeu sa capitale affaire :
Cet autre en plaisantant devient séxagenaire :
Et l'on arrive ainsi presque en toutes les Cours
D'un pas imperceptible à la fin de son cours.
On est si dissipé, qu'avant que de connoître
Ce que c'est que d'être homme, on y cesse de l'être :
Et ceux qui de leur tems éxaminent l'emploi
Trouvent qu'ils ont vécu sans qu'ils sachent pour-
    quoi.

C R E S U S.

Je reconnois ma Cour, je ne puis te le taire,
Au fidéle tableau que tu me viens de faire ;
Mais un trait important que tes soins ont obmis,
Un Roi ne sait jamais s'il a de vrais amis..
De tant de Courtisans, qui toûjours sur mes traces
N'accompagnent mes pas que pour avoir des graces,
Je ne puis distinguer au rang où je me voi
Ceux qui m'aiment pour eux ou qui m'aiment pour
    moi.
Je voudrois quelquefois, pour savoir si l'on m'aime,
Pendant un mois ou deux me voir sans Diadême ;

Et dans mon premier rang estre ensuite remis
Pour ne me plus méprendre au choix de me amis.
Que sai-je qui me flatte ou qui me rend justice ?
Je ne dis pas un mot, que chacun n'aplaudisse :
Et si l'on prévoioit ce que je dois penser
On m'aplaudiroit même avant de m'énoncer.
Je confons le faux zele avec le veritable.

ESOPE.

Permettez-moi, Seigneur, de vous dire une Fable.
Jamais la verité n'entre mieux chez les Rois
Que lors que de la Fable elle emprunte la voix.

Le Lion, l'Ours, le Tigre & la Panthére.

FABLE.

Par cent fameux exploits un Lion renommé
Aiant sû d'un vieux Cerf, qu'il connoissoit fidéle
Que souvent tels & tels dont il étoit charmé
        Paioient ses boutez d'un faux zele ;
En voulut par lui même être mieux informé.
Il fait venir un Tigre, un Ours, une Panthére,
Aspres à la curée, & qui sans hésiter,
Quand de quelque désordre ils pouvoient profiter,
De la peine d'autrui ne s'inquiétoient guère.
,, Mes Amis, leur dit-il, à qui j'ai si souvent
        ,, Confié le soin de ma gloire,
,, Je crois, sans me flater d'un espoir décevant,
,, Avoir un seur moien de vivre dans l'Histoire.
Alors faisant semblant d'être encor dans l'erreur
        Et d'ignorer leur artifice,
        Il leur propose une injustice
        Dont lui-même avoit de l'horreur.
,, Pesez bien, leur dit-il, ce que je vous propose,
,, Et sur tout que ma gloire aille avant toute chose,
        ,, Je n'ai rien de plus important.

,, Ce que vous proposez est juste & necessaire,
Répond tout d'une voix la troupe mercenaire ;
　　　,, Et rien ne le fut jamais tant.
　　　,, Pensez-y deux fois plûtost qu'une,
　　　Reprit doucement le Lion ;
,, Et si je vous suis cher, aiez soin de mon nom :
,, Les Rois ont moins besoin d'augmenter leur for-
tune
　　　,, Que de voir croître leur renom.
,, Seigneur, répond encore la bande insatiable,
　　　,, Quelque dessein que vous ayiez,
　　　,, Pour rendre une chose équitable
　　　,, Il suffit que vous la vouliez.
,, Dangereux Conseillers, Adulateurs infâmes,
Dit le Lion terrible en élevant sa voix ;
　　　,, Je trouve de si basses ames
　　　,, Indignes d'aprocher des Rois.
　　　,, Fuiez loin de moi, troupe avide,
,, Qui des foibles Agneaux & du Chevreüil timide
　　　,, Etes si justement l'effroi :
　　　,, C'est vôtre intérest qui vous guide,
　　　,, Ce n'est point la gloire du Roi.
D'un éxil éternel aiant puni l'audace
　　　De leurs conseils pernicieux,
　　　Il menaça de la même disgrace
　　　Les Animaux qui briguérent leur place
　　　S'ils ne la remplissoient pas mieux.
Une mémorable victoire
Que sur trois Léopards il eut le même jour,
A l'éclat de sa vie ajoûta moins de gloire
Que de s'être défait de ces Pestes de Cour.

Pour expliquer l'Enigme & dévoiler l'Emblême,
Croiez-vous qu'un Monarque aussi grand que vous-
même

Ne fiſt pas une belle & loüable action
D'imiter quelquefois l'adreſſe du Lion ?
De ce trait d'équité plus que d'une Victoire
Vos Sujets dans leur cœur garderoient la memoire :
Et ceux qui ſont admis dans le Conſeil des Rois
En donnant leur avis y penſeroient deux fois.
    Peut-être m'expliquai-je avec trop de fran-
  chiſe.
C'eſt une liberté que vous m'avez permiſe.
Je ne ſai ce que c'eſt que de rien déguiſer.

CRESUS.

Qui ne m'offenſe point ne doit point s'excuſer.
Charmé de tes avis , pénetré de ton zéle ,
Et par tant de raiſons ſeûr que tu m'es fidéle
Je confie à ta foi comme deux grands dépots ,
Et les ſoins de ma gloire & ceux de mon repos.
D'Iphis , qui s'eſt lui-même attiré ſa diſgrace,
De l'orgüeilleux Iphis je te donne la place.

ESOPE.

A moi , Seigneur ?

CRESUS.

    Sur qui puis-je jetter les yeux
Qui me ſoit plus fidéle , & qui me ſerve mieux ?
Qui peut plus ſagement gouverner mes finances
Que toi qui ſuis le bien , & qui hais les dépences ?
En quelle occaſion les peux-tu diſſiper ?
Eſt-ce au ſuperbe train que tu fais équiper ?
Pour contenter ton gouſt de diverſes maniéres
Te voit-on dépeupler les Airs & les Riviéres ?
Et pour éterniſer tes deſſeins faſtueux
Enchérir ſur ton Maiſtre en Palais ſomptueux ?
Loin qu'un zéle ſi pur ait rien que j'apréhende
Sur quoi que ce puiſſe être où mon pouvoir s'étende,
Récompences, honneurs, charges, bienfaits, emplois,
Tu peux de toute choſes ordonner à ton choix.
A ta fidelité tout entier je me livre.
    Arſinoé qui vient m'empêche de pourſuivre.

J'ai depuis quelques jours quelques foupçons legers
D'où viennent les froideurs pour deux Rois étran-
gers.
Peut être je me trompe ; & qui foupçonne doute ?
Elle prend tes avis, te confulte, t'écoute ;
Sans trahir fon fecret, ni bleffer ton devoir,
Si mon repos t'eft cher, tâche de le favoir.

SCENE IV.

ARSINOE', ESOPE, LAIS.

ARSINOE'.

QUoi ! le Seigneur Efope en croit donc être
quite
Pour m'avoir en paffant daigné rendre vifite !
Et fon zéle fe borne à me voir une fois
Aprés s'être éclipfé pendant cinq ou fix mois !
Quoique pour lui parler tout le monde l'affiege,
Mon fexe & ma naiffance ont quelque privilege.
Quand j'eftime quelqu'un je le vois plus fouvent.

ESOPE.

Vos bien-faits dans mon cœur font gravez trop
avant
Pour ne pas avoüer, fi je fuis quelque chofe,
Que vous feule aujourd'hui vous en êtes la caufe.
Le pofte où je me vois, n'eft-il pas vôtre don ?
Et cependant, Madame, à quoi vous fuis-je bon ?
Ne puis je à vôtre gloire être d'aucun ufage ?

ARSINOE'.

A quoi m'étiez-vous bon avant vôtre voiage ?
J'écoutois vos avis eftimez de chacun.

ESOPE.

Vous les écoutiez tous, & n'en fuiviez aucun.

LAIS.

Il a raison, Madame ; & je ne puis m'en taire.
Vous n'avez pas un monde au Ami plus sincére.
Il ne donne jamais que d'utiles avis ;
Et vous auriez bien fait de les avoir suivis.

ARSINOÉ.

Il me prenoit, peut-être, en de méchantes heures ;
Où mes raisons, Laïs, me sembloient les meilleures.

LAIS.

Je ne sai ; mais enfin vous avez des apas
Qu'on auroit mis en œuvre au lieu qu'ils n'y sont pas.
Vous seriez mariée, & contente.

ARSINOÉ.

Peut-être.

Lorsque je le voudrai, ne le puis-je pas être ?

LAIS.

Oüi, sans doute, & choisir dans le rang le plus haut,
Mais vous l'auriez été deux ou trois ans plûtost.
La jeunesse est, Madame, une saison bien chére :
Et les momens qu'on perd ne se recouvrent guére.
Quelque beau petit Prince, au Trône destiné,
Pour aller à la gloire, auroit l'heur d'être nés
Et c'est pour un Etat un bien si nécessaire
Qu'on l'aimeroit mieux fait, que d'être encore à faire.

ARSINOÉ

Ces plausibles raisons pour le bien des Etats
Souvent avec le cœur ne s'accommodent pas.
J'aime mieux un Epoux qui m'aime & qui me plaise
Que le Trône d'Argos & que celui d'Ephese.
Sans en savoir la cause un mouvement secret
Me fait de ma Patrie éloigner à regret.
Il me semble qu'ailleurs je serai transplantée,

ESOPE

Vous, Madame ? par tout vous serez respectée.
En quelque lieu du monde où l'on vous puisse voir,
Vous aurez sur les cœurs un absolu pouvoir :
Argos pour le merite a de l'idolâtrie.

Et de tous vos pareils le Trône est la Patrie.
Vous seriez Etrangére en un degré plus bas.

L A I S.

L'amour seul du païs ne vous arrête pas :
Pour monter sur un Trône il n'est rien qu'on
    ne quite.
Parlons juste. Crésus est d'un si haut mérite. . . . .

A R S I N O E'.

Laïs !

L A I S.

Seroit-ce un mal qu'un si grand Roi vous plût?
C'est un Prince accompli , si jamais il en fut ,
Que dans tous ses projets accompagne la Gloire ;
Et qui semble à sa suite enchaîner la Victoire.
Le Roi d'Argos est laid : Celui d'Ephése est vieux :
Ne dissimulons point , Cresus vous siéroit mieux.
Comme il est jeune & beau , vous êtes jeune &
    belle :
Et vous seriez un couple à servir de modelle.
Vous voïez que je songe à vous fixer ici.

A R S I N O E'.

Hé ! qui t'a commandé de t'expliquer ainsi ?

L A I S.

Quand je puis obliger ma joie est assez grande
Pour n'attendre jamais que l'on me le commande.
Lui comblé de vertus , vous brillante d'apas ,
Cet Himen à tous deux ne vous déplairoit pas.
Qui pourrez-vous trouver , vous & lui qui vous
    vaille ?

ESOPE.

Je répons du succez pour peu que j'y travaille ,
Madame , obligez-moi de me le commander.
Vôtre gloire est d'un prix à ne point hazarder :
Et je vous dois assez pour oser vous promettre
Que me la confier ce n'est point la commettre.
Est-il un sort plus beau que d'asservir trois Rois !
Croïez-moi , hâtez-vous de choisir un des trois.

L'ordinaire destin des Beautez difficiles
Est d'avoir des retours de chagrins inutiles :
Qui ne veut point d'un bien quand il le peut avoir,
Ne l'a pas quand il veut , comme vous allez voir.

Le Heron & les Poissons.

FABLE.

IL me semble avoir lû dans beaucoup de Volumes
Que lors qu'on veut trop prendre , on est soi-mê-
me pris.
Un Héron glorieux de voir que de ses plumes
On faisoit pour les Rois des Egrettes de prix ,
Ne trouvoit dans les eaux , hors la Perche & la
Truite ,
            Aucun autre Mets qui lui plût :
            Brochet , Carpe , Tanche , & la suite
Etoient pour son gosier des Poissons de rebut.
            Un jour d'Eté dés les quatre heures
            Que le Poisson rentre en ses trous,
Les plus jolis Brochets , les Carpes les meilleures,
A sa discrétion 'e livroient presque tous.
            Mais ce n'est pas là ce qu'il cherche ,
N'aiant pas si matin l'apetit bien ouvert ,
            Et ne voiant Truite ni Perche
Il ne fit pas semblant d'avoir rien découvert.
Sept heures sonnent ; huit ; & son apetit s'ouvre ;
Alors dans la Riviere il fait divers plongeons:
            Et pour tout bien il ne découvre ;
            Qu'une Ecrevisse & deux Goujons.
Pour un Oiseau si vain , une si mince proie
Loin de le contenter redoubla son dédain.
Cependant le tems passe , & durant qu'il tournoie
            L'exercice augmente sa faim.
            Qui le croiroit ! le Héron difficile,

Qui méprisa tant de si beau Poisson,
Sur le midi fatigué, las, debile,
Fut bien heureux d'avoir un Limaçon.

Du Héron dédaigneux la peinture naïve
Ne vous expose rien qui tous les jours n'arrive :
Des Amans les mieux faits & les plus vertueux
Une fille à seize ans souffre à peine les vœux :
Son orgueil en rebute autant qu'il s'en presente ;
Et tout lui paroît bon quand elle en a quarente.
Sans faire des Amans un si long examen,
Il faut aller au but, & le but est l'Himen.
L'âge que vous avez est le tems où l'on charme.
Pensez-y.

A R S I N O E'.

Franchement, vôtre Héron m'allarme :
Et mon cœur inquiet depuis cette leçon,
A peur d'être réduit au sort du Limaçon.
Plus j'entens vos raisons, plus je les trouve bonnes.
Il est beau de donner des apuis aux Couronnes.
Je suivrai vos avis.

L A I S.

Le plûtôt vaut le mieux.
Une plante sterile est maudite des Dieux.
Qu'est-ce qu'une Princesse & vertueuse & belle
Peut faire de meilleur qu'une Fille comme elle,
Qui suive son exemple & qui puisse à son tour
Pour un futur Monarque en mettre une autre au
　　jour ?
On ne peut du beau tems faire un trop bon usage.

A R S I N O E'.

Je ne l'écoute pas ; Elle est folle.

E S O P E.

Elle est sage ?
Et raisonne si bien sur ce que nous disons

Que j'entre avec plaisir dans toutes ses raisons.
Quand pour faire des Rois le Ciel veut que l'on vive
C'est offenser les Dieux de demeurer oisive :
Et chacun dans l'automne a des remors cuisans
D'avoir en bagatelle emploié le Printems.
Pardon. J'ai le malheur d'être un peu trop sincere.

ARSINOE'.

Est-il une vertu qui soit plus necessaire ?
Plût au Ciel qu'à la Cour chacun vous ressemblât
Et que ce fût ainsi que le monde y parlât !
Je vous trouve si juste en tout ce que vous faites,
(Vertu sublime & rare en la place où vous êtes)
Que pour vous faire voir quelle foi j'ai pour vous
Je vous laisse le soin de choisir mon Epoux.
A ce que vous ferez je suis prête à souscrire.
Aprés cette assurance, adieu, je me retire.
Songez à vôtre Fable en faisant un tel choix.

ESOPE.

Oüi, Madame : & de plus à ce que je vous dois.

LAIS à Esope.

Comme il s'en faut beaucoup que je ne sois si belle
Aussi ne suis-je pas si difficile qu'elle.
En lui cherchant son fait si vous trouviez le mien
Vous n'obligeriez pas une ingrate.

ESOPE.

Fort bien.

S C E N E   V.

PLEXIPE, ESOPE.

PLEXIPE.

AH, Monſieur, que de joie aprés ſix mois d'ab-
  ſence
Dans les murs de Sardis cauſe vôtre preſence !
Chacun faiſant des vœux pour vôtre heureux re-
  tour.
Avec impatience aſpiroit à ce jour.
Moi, qui de vos vertus adorateur ſincere,
Ne puis trop vous marquer combien je vous ré-
  vere ;
Pour vous en aſſurer, j'ai ſaiſi ce moment.

E S O P E.

Je ſuis bien redevable à vôtre empreſſement.
A quoi dans vos deſſeins puis-je vous être utile ?

PLEXIPE.

Que l'on eſt médiſant dans cette grande Ville !
Je n'aurois jamais crû qu'on en fût venu-là.

E S O P E.

Comment ? à quel propos me dites-vous cela ?

PLEXIPE.

Etes-vous aſſuré qu'aucun ne vous entende ?

E S O P E.

Que de précaution vôtre ſecret demande !
Le bonheur de Créſus lui fait-il des jaloux ?
Quelqu'un.....

PLEXIPE.

En vôtre abſence on a médit de vous.

E S O P E.

De moi ?

PLEXIPE.
De vous. Trois fois j'ai penſé vous l'écrire.

ESOPE.
On peut dire de moi bien du mal ſans médire,
Je vous l'aprens.

PLEXIPE.
Des gens que vous comblez de biens,
Blâment vôtre conduite en tous leurs entretiens.
Et comme aparemment aucun ne les ſoupçonne,
Ce ſont......

ESOPE.
Gardez-vous bien de me nommer perſonne.
Peut-être foible & promt chercherois-je un moien
De leur faire du mal quand ils me font du bien.
Je ne veux point ſavoir qui ſont ceux qui médi-
ſent ;
Mais je veux, ſi je puis, que leurs plaintes m'inſ-
truiſent ;
Qu'ils me rendent ſervice en croiant m'outrager,
Et que leur médiſance aide à me corriger.
Dites moi ſur quels points ils blâmoient ma con-
duite.

PLEXIPE.
On tenoit des diſcours, & ſans ordre, & ſans
ſuite....
Soit qu'on eût de la haine ou qu'on fût en courroux.
Je ſai confuſément qu'on médiſoit de vous.
Je ne ſai rien de plus dont je vous puiſſe inſtruire.

ESOPE.
Si vous ne ſavez rien, que me vénez vous dire ?
Pourquoi de mes amis me donner du ſoupçon ?
Croiez vous ne manquer que de memoire ?

PLEXIPE.
Eh non.
Je ſuis fait comme un autre & je ne puis compren-
dre
Ce qui me peut manquer.

ESOPE.
Je m'en vais vous l'aprendre.

La Marchandise de mauvais débit.

FABLE.

APollon & Mercure étant broüillez là-haut
Ne savoient ici bas où donnner de la tête :
Ils n'avoient point d'argent , & c'est un grand def-
faut :
Jamais de l'indigence on n'a chômé la fête.
    „ Que deviendrons-nous, dirent-ils,
    „ Si Jupiter ne nous r'apelle ?
Faire des tours-de-main aussi promts que subtils
    Est un Art où Mercure excelle :
    Mais il craignoit les Algoüazils ;
Et s'il se rencontroit sous leur patte cruelle,
    De mettre en œuvre les outils
    De la Justice criminelle.
    L'ingénieuse pauvreté
Qui pour vivre de rien , rêve, invente , s'exerce ;
    Leur fit voir plus de sûreté
    A faire un loüable Commerce :
Mais comment ? ils n'ont rien , argent , fonds , ni
crédit.
Pendant cet embarras il arrive une Foire.
Apollon s'avisa de vendre de l'Esprit,
    Et Mercure de la Memoire.
Aprés s'être postez dans l'endroit le plus beau
Pour attirer du Peuple & de la Chalandise,
    Chacum dans un Ecriteau.
    Etala sa Marchandise.
Mais à peine Mercure a-t'il planté le sien
Que de toute la Foire il attire la foule :
Le Monde vient, s'en va , puis revient, & s'écoule.

Sans diminuer en rien.
Le Marchand de Mémoire en fournit la Contrée ;
Mais le Marchand d'Esprit à peine fut-il vû,
          Il vendoit une Denrée
Dont le plus Idiot croit être assez pourvû.
Il s'écrie, il s'emporte, il se romt la cervelle :
,, Messieurs, dit-il, Messieurs, tournez ici vos pas
          ,, De quoi la Mémoire sert-elle
,, Quand l'esprit, par malheur, ne l'accompagne pas.
          Il eut beau faire & beau dire,
          Beau se plaindre & fulminer,
          Apollon avec sa Lire
          S'en alla sans étrènner.

          Il n'est pas mal aisé de croire
Que de sa Marchandise il n'eut point de débit ;
On dit à tout moment, qu'on n'a point de Mé-
     moire ;
Et l'on ne dit jamais que l'on n'a point d'Esprit.

Si l'on tenoit ennore une pareille Foire
Vous iriez à grands pas vous fournir de Mémoire ;
Et quelque bon marché qu'Apollon vous offrit
Vous n'en feriez pas un pour avoir de l'Esprit.
Est-ce en avoir une once & le mettre en usage
Que de faire à la Cour un si bas Personnage ?
Ceux dont vous observez les discours & les pas
Ou sont vos Ennemis, ou le bien ne le sont pas
S'ils sont vos Ennemis, la passion vous guide ;
Si ce sont vos Amis, c'est leur être perfide ;
Et de tous les emplois le plus lâche aujourd'hui
Est d'être l'espion des paroles d'autrui.
Plus sincere que vous je dis ce que je pense.
          PLEXIPE.
J'attendbis de mon zele une autre récompense.
                    B iij

ESOPE.

Quand j'aurois un Trefor à mettre en vôtre main
Vous manquez de Memoire, & l'oubliriez demain.
C'eſt perdre ſes bienfaits que de les mal répandre.

SCENE VI.

LICAS , ESOPE , PLEXIPE,

LICAS.

Dans vôtre apartement Rodope va ſe rendre.
Elle m'envoie ici vous le faire ſavoir.
         ESOPE à *Plexipe.*
Adieu. J'ai du regret de trahir vôtre eſpoir.
     Faſſent les Mediſans tout ce qu'ils pourront faire:
Je ſai par quel moien on les force à ſe taire ;
Et pour me vanger d'eux je vais vivre ſi bien
Qu'ils auront de la peine à me reprocher rien.

Fin du premier Acte.

ACTE II.

SCENE I.

ESOPE, RODOPE.

ESOPE.

VOus me suivez en vain.   Souffrez que je respire,
Ne vous ai-je pas dit ce que j'avois à dire ?
Je n'ai rien oublié dans mon juste courroux
Des sujets de chagrin que j'avois contre vous.
C'est dans ce lieu, vous dis-je, où le Conseil s'as-
semble ;
Et je ne prétens pas qu'on nous y trouve ensemble,
J'ai mes raisons.

RODOPE.
Et moi, j'ai les miennes aussi
Pour ne me pas résoudre à vous quiter ainsi.
Il est juste à mon tour que je vous entretienne.

ESOPE.
Le Roi dans un moment vient ici.

RODOPE.
Qu'il y vienne.
Jusqu'à ce qu'il y soit, je ne vous quite pas.

ESOPE.
Vous croiez m'éblouïr par vos trompeurs apas.

 E S O P E

Tout difforme & hideux que vous paroisse Esope,
Ne vous en flattez pas, infidelle Rodope,
Vos yeux n'ont plus sur moi le pouvoir qu'ils ont
   eu :
Je vous abuserois, si je vous l'avois tû :
Honteux d'avoir vecu dans vôtre indigne chaine,
Plus j'eus d'amour pour vous, plus j'ai pour vous de
   haine.
Je ne sai point de terme à pouvoir l'exprimer.

R O D O P E.

Vous me haïssez trop, pour ne me plus aimer.

E S O P E.

Non ; Vos charmes pour moi n'ont plus aucune
   amorce.

R O D O P E.

Vos remors seront vains si nous faisons divorce :
Pensez-y bien, de grace, avant d'en venir-là ;
Et si vous m'en croiez, n'éprouvez point cela.
Suivons aveuglément la route accoutumée.
Je suis ce que j'étois quand vous m'avez aimée.
J'en jure. . . . . .

E S O P E.

Epargnez-vous des sermens superflus :
Vous étiez vertueuse, & vous ne l'êtes plus.
Pendant cinq ou six mois qu'a duré mon absence
Vous avez tout perdu, foi, pudeur, innocence ;
Et les honteux attraits qui vous font demeurez
Par l'emploi qu'ils ont eu sont tous défigurez.

R O D O P E.

Si c'est là mon portrait, & que je lui ressemble
Je ne m'étonne pas de nous voir mal ensemble.
Sur quelle conjecture avez-vous ces soupçons ?
J'aurois fait un beau fruit de toutes vos leçons !
Ce n'est pas d'aujourd'hui que j'ai sceu vous le dire,
J'aime à me divertir, à folatrer, à rire ;
Et par tout où je vais les Filles que je voi
A peu prés de même âge ont même goût que moi.

C'eſt de vous que je tiens qu'une Fille aviſée
Doit avoir un air libre , une maniere aiſée ;
Et qu'il n'eſt preſque rien dont on ne vienne à bout
Lors qu'avec bienſéance on s'accommode à tout.
De quoi vous plaignez-vous ? Je ſuis vôtre doctrine.
Veut-on rire ? Je-ris. Badiner ? Je badine.
Mais dans tous les plaiſirs dont je vous fait l'aveu
Ce n'eſt qu'amuſement , qu'innocence, que jeu.

ESOPE.

Ah ! Rodope, Rodope , à qui j'avois envie
De donner les momens les plus chers de ma vie ;
Mon cœur, qui ſans tendreſſe auroit moins de cour-
    roux ,
Préviendroit vos raiſons , s'il en étoit pour vous.
Je ne me ſouviens point de vous avoir inſtruite
A vivre ſans égards , ſans pudeur, ſans conduite :
Mais je me ſouviens bien de vous avoir apris
Qu'un orgueil ridicule attiroit du mépris ;
Qu'un air libre , enjoüé, ſiéoit bien à vôtre âge ;
Mais , Rodope, un air libre eſt-ce un libertinage ?
Et dans ce que je fais , ni dans ce que j'écris
Me void-on d'aucun vice infecter les Eſprits ?
Si d'un remors au moins vous vous ſentez capable
Profitez des leçons que contient cette Fable :
Et voiez à quel point on doit être confus
D'avoir eu de l'honneur & de n'en avoir plus.

Le Jardinier & l'Aſne.

FABLE.

L'Aſne d'un Jardinier fleuriſte
Aiant pour le Marché des Panniers pleins de fleurs.
   Pour en ſavourer les douceurs
Une foule de Gens le ſuivoient à la piſte.

Mais il trouve au retour un contraire deſtin ;
Pour ſe faire maudire il ſuffit qu'il ſe montre :
    Ceux qui le ſuivoient le matin
    Le ſoir évitent ſa rencontre.
„ Ne t'en étonne pas , lui dit le Jardinier ;
„ Ces effets differens ont differentes cauſes :
    „ Ce matin tu portois des Roſes ,
    „ Ce ſoir tu porte du Fumier :
„ Qui ſuivoit ce matin ta ſenteur agréable
    „ Ce ſoir fuit ta puanteur.
    Tant on devient éffroiable
Quand on perd ſa bonne odeur !

❦❦❦

Vous reconnoiſſez-vous , Rodope , en cette Fable?
     R O D O P E
Non. L'aplication n'en eſt pas raiſonnabe.
Je veux bien reſſembler à l'Aſne du matin ;
Mais à celui du ſoir , j'en aurois du chagrin.
J'ai retenu de vous mille agreables choſes
D'une auſſi bonne odeur que les panniers de roſes ,
Mais on ne m'a point vûë , oubliant mon devoir ,
Le matin vertueuſe & coupable le ſoir.
Je hais l'honneur féroce & la vertu chagrine :
Je vous l'ai déja dit , je ris , chante , badine ;
Et croiant ma conduite exemte de remors
Je ne prens aucun ſoin de ſauver les dehors.
Il eſt vrai qu'on en parle , & que de vieilles Dames
Dont le cœur eſt encore ſuſceptible de flâmes ,
Faciles à remplir les déſirs d'un Amant ,
Ne peuvent préſumer qu'on rie innocemment ;
Et jamais à l'Amour n'aiant été rebelles ,
Elles jugent de moi comme elles jugent d'elles.
Rien n'eſt plus dangereux dans leurs petits complots
Que ces femmes de bien qui le ſont à huis-clos :
Qui des moindres plaiſirs condamnent l'innocence

Et trouvent tout permis en sauvant l'aparence.
Pour moi, qui marche droit, je ne me contrains
  pas.

ESOPE.

Que vous avez, traîtresse, & d'esprit & d'apas !
Quand le Ciel vous forma sur un si beau modelle,
Que ne vous faisoit-il aussi sage que belle !
Il vous a denié le plus grand bien de tous :
Et je vais être foible autant & plus que vous.
Me trompé-je ? Etes vous fidelle à vôtre gloire ?
Tâchez, s'il est possible, à me le faire croire :
Vous aurez peu de peine à me persuader ;
Mon cœur à se trahir demande à vous aider ;
Vous le verrez se rendre à la plus foible excuse.
Parlez.

RODOPE.

Méritez-vous que je vous désabuse ?
Combien d'injures......

ESOPE.

          Trop pour d'innocens apas.
Trop peu, si j'ai raison & qu'ils ne le soient pas.
Mais, adieu, le Roi vient. Retirez-vous de grace.
Soit que je vous épouse, ou qu'un autre le fasse,
S'il en est tems encore faites que vôtre Epoux
N'ait aucune raison de se pleindre de vous;
Et portez-lui pour dot, comme une rare offrande
Toute l'intégrité que l'Himen vous demande.

C

SCENE II.

CRESUS, ESOPE, TRASIBULE, TIRRENE.

CRESUS.

Asséiez-vous.

ESOPE.
Seigneur , je ne suis pas d'un Sang....

CRESUS.
Ton mérite y suplée , & vaut le plus haut rang.
Assis-toi. Je le veux. Depuis plus d'une année
Mes sujets de leur Roi souhaitent l'Himenée ;
Et tous contens de moi , comme je le suis d'eux,
S'ils me voioient un Fils s'estimeroient heureux.
Cotis , Pere d'Argie , épuisé par les guerres,
Qui fatiguent son Peuple & désolent ses terres,
Pour nous unir ensemble , à ne rompre jamais ,
Me fait offrir sa Fille , & demander la Paix.
Sa couronne , lui mort , apartient à sa Fille :
Mais en vain à mes yeux cette Couronne brille.
Arsinoé , soumise à tout ce que je veux
A trouvé le secret de s'attirer mee vœux :
En l'assujétissant à mon pouvoir suprême
Elle ma d'un coup d'œil assujéti moi-même.
Le Trône de Phrigie à mon Trône étant joint
Sans doute ma puissance iroit au plus haut point ;
Pour balancer mon choix cette raison est forte :
Mais enfin sur mon cœur Arsinoé l'emporte ;
Et j'attens de vos soins une décision
En faveur de l'Amour ou de l'Ambition.
Parlez-moi librement , & qu'un pur zele éclate]

TIRRENE.

Seigneur, cette matiere eſt un peu délicate,
Vous aimez. Il faudroit, pour vous faire ma cour
Aprouver vôtre choix & flater vôtre amour.
Une ſi vertueuſe & ſi belle Princeſſe
D'un Monarque ſi grand mérite la tendreſſe :
Mais les raiſons d'État qui par d'auſteres loix
Sont toûjours les raiſons les plus fortes des Rois,
M'obligent à vous dire avec un cœur ſincere
Qu'a l'Himen d'un grand Roi l'Amour n'aſſiſte
    guere ;
Que ſes plus dignes ſoins ſont ceux de ſa Grandeur ;
Et qu'il doit à ſa gloire immoler ſon ardeur.
Arſinoé pour dot a des yeux qui vous charment,
Des attraits ſi touchans qu'ils émeuvent, déſarment ;
Mais des yeux ſi charmans & des attraits ſi doux
Perdront bien de leur prix quand ils ſeront à vous
Cinq ou ſix mois d'Himen rallentiſſent les flâmes ;
Et la vertu des Grands n'eſt pas d'aimer leurs Fem-
    mes.
Quelque apas que pour vous aït un Amour naiſſant
Seigneur, une Couronne en eſt un plus puiſſant :
En devenant l'Epoux de la Princeſſe Argie
A de vaſtes Etats vous joignez la Phrigie :
Et quels jaloux voiſins oſeront vous troubler
Qu'avec tant de pouvoir vous ne faſſiez trembler.

TRASIBULE.

J'ôſe ajoûter, Seigneur, à ce qu'a dit Tirrene
Que c'eſt de vos Sujets rendre l'attente vaine ;
Et que las de la Guerre & des maux qu'elle a faits,
Avec impatience ils attendent la Paix.
Quoiſque par vos exploits on ait vû la Phrigie
Du ſang de ſes Enfans aſſez ſouvent rougie,
Les ſuccez les plus beaux & les plus glorieux
Ne ſont pas ſans chagrin pour les victorieux.
Si l'un s'en réjoüit, l'autre s'en déſeſpere :
Tel embraſſe ſon Fils qui regrette ſon Frere :

Et la Guerre aprés foi traîne tant de malheurs
Qu'il eft peu de lauriers qui ne coûtent des pleurs.
Ceux qu'éleve le Ciel aux Dignitez fuprêmes,
Maîtres de tant d'Etas , ne le font pas d'eux-mê-
  mes ;
Et lors que de l'Himen ils fubiffent les Loix ,
C'eft à la Politique à leur prefcrire un choix.
Seigneur , Arfinoé fut-elle encore plus belle
La Phrigie & la Paix ont plus de charmes qu'elle.
L'intereft de l'Etat me fait parler ainfi.
Voilà mon fentiment.

CRESUS, *à Efope.*

Et le tien ?

ESOPE.

Le voici.

Pour peu qu'a l'écouter vôtre bonté s'aplique
Vous verrez ce que c'eft qu'un Himen politique.

Le Coq & la Poulette.

FABLE.

UN jeune Coq des mieux hupez
En rodant par fon voifinage
D'une jeune Poulette auffi belle que fage
Eut les yeux & le cœur également frapez.
Le Coq étant fort beau comme elle étoit fort
  belle ,
Elle fentit pour lui ce qu'il fentoit pour elle :
Leurs cœurs des mêmes traits furent tous deux
  bleffez ;
Et tous deux pénétrez de la même tendreffe.
Du matin jufqu'au foir ils fe voioient fans ceffe ,
  Et ne fe voioient pas affez.
Pendant que l'un & l'autre à l'Amour s'abandon-
  nent ,
  Et qu'ils jurent fi tendrement

De s'aimer éternellement,
Leurs sévéres Parens autrement en ordonnent.
Le Pere du Coq le contraint (
A quitter sa chere Poulette :
En vain de sa rigueur il gémit & se plaint
Il faut qu'il obéïsse ou qu'il fasse retraite.
D'abord, il va percher sur le toît le plus haut
De la plus déserte Cabane,
Mais faute d'aliment il lui fallut bien-tôt
Epouser, en pestant, une Poule Faisanne ;
Ces Epoux dés le premier jour
Empêchez de leur contenance,
S'étant mariez sans amour
Se traiterent sans complaisance.
Outre qu'ils négligeoient le soin
De se dire des yeux quelque chose de tendre
Leur langage à tous deux étoit un baragoüin
Que chacun ne pouvoit entendre.
Quand le Coq chantoit ou parloit
Sa Faisanne eût juré que c'étoient des murmures ;
Quand la Faisanne l'appelloit
Il croioit oüir des injures.
En un mot leur destin ne fit point d'envieux.
Il faut que pour bien vivre ensemble
L'amour ait soin d'unir ce que l'Himen assem-
ble :
Il est sûr qu'on s'entend bien mieux.

Qu'à vos desirs, Seigneur, Arsinoé réponde
N'êtes-vous pas le Roi le plus heureux du monde ?
Sans un besoin pressant, qu'à peine je conçoi,
Pourquoi chercher ailleurs ce que l'on a chez
soi ?
Les differentes mœurs, le differend langage
Ne sont pas des liens par où le cœur s'engage ;

Et fur celui des Rois c'eft faire un attentat
Que de l'affujétir aux maximes d'Etat.
Pour contenter le Peuple & le Roi de Phrigie
Accordez-lui la Paix fans époufer Argie.
Vous auriez elle & vous des chagrins infinis :
Vos Etats feroient joints , & vos cœurs défunis.
Jamais félicité n'eût eté plus parfaite
Que le bonheur du Coq s'il eût eu fa Poulette :
Sans ceffe de l'Himen il fe feroit loüé
Comme fera Créfus avec Arfinoé ,
Sa vertu vous répond d'un bonheur infaillible.

C R E S U S.

Que tu me touche bien par où je fuis fenfible :
Preffé par tes raifons je vais mettre à fes pieds
Tout ce qu'a d'éclatant le Trône où je me fieds.
Et lui faire favoir par un récit fidele
Avec quelle chaleur tu m'as parlé pour elle.

❋❋❋❋❋❋❋❋❋❋❋❋❋❋❋❋❋

S C E N E III.

CRESUS , TIRRENE , TRASIBULE, E S O P E.

TIRRENE.

CRéfus à nos confeils préfere vos avis :
Loin d'en être jaloux nous en fommes ravis
Il ne fauroit pour vous faire voir trop d'eftime.

TRASIBULE.

Quel Miniftre a-t'il eu d'un efprit plus fublime ?
Vous le fervez fi bien, que d'un commun aveu,
Quoiqu'il faffe pour vous , il fait encore trop peu.

TIRRENE.

Combien ai-je d'Iphis fouhaité la difgrace
Pour avoir le plaifir de vous voir en fa place ?

Il en étoit indigne, & vous la méritez.
TRASIBULE.
C'étoit un misérable en proie aux lâchetez :
Qui pour toutes raisons écoutoit ses caprices,
Et qui pour s'enrichir faisoit mille injustices.
TIRRENE.
Il étoit violent, vindicatif, brutal,
Lent à faire du bien prompt à faire du mal ;
Faisant tout son bonheur de traverser le vôtre ;
Et n'obligeant quelqu'un que pour nuire à quelque
 autre :
Un esprit inégal, un discernement faux.
TRASIBULE.
Je vais en un seul mot dire tous ses deffauts
Crésus avec raison l'extermine & l'assomme :
Il n'est pas sur la terre un plus mal-honnête hom-
 me :
A vous en défier vous avez interêt,
Il est fourbe, méchant.....
ESOPE.
Dites-moi, s'il vous plaist,
Vous ferois-je plaisir de vous dire une Fable,
Sur le coup imprévû dont la rigueur l'accable ?
Sa peinture & la vôtre y sont en racourci.
TIRRENE.
Je vous en prie.
TRASIBULE.
Et moi je vous en prie aussi.
J'en conçois par avance une idée agréable.
ESOPE.
N'en perdez pas un mot. Tout en est profitable.

Le Figuier foudroié.

FABLE.
Prés de Lesbos fut jadis un Figuier

Qui raportoit le plus beau fruit du monde !
Planté fur le bord d'un Vivier,
Il fe lavoit les pieds dans l'onde.
Tous les Oifeaux d'alentour
Se donnoient rendez-vous fous fon épais feüillage ;
Et tant que duroit le jour
Ils y chantoient leur Amour,
Et béniffoient fon ombrage.
Mais comme dans le monde il n'eft rien de cer-
tain,
Et que c'eft une mer qui n'eft point fans nau-
frage ;
Aprés un tems calme & ferein
Il furvint tout à coup un furieux orage.
Les Vents en un moment agiterent les Airs ;
Il fembloit que la pluie inonderoit la Terre :
Enfin aprés beaucoup d'Eclairs
Le Figuier malheureux fut frapé du Tonnerre.
Les Oifeaux, effraiez d'entendre un fi grand bruit,
Dans le Hameau prochain vont chercher un azile :
Et l'orage paffé, chacun d'eux s'entrefuit
Pour venir habiter fon premier domicile.
Mais l'Arbre qui pour eux avoit eu tant d'apas,
Accablé fons le faix d'une telle difgrace,
Avoit fi fort changé de face
Qu'on ne le reconnoiffoit pas.
Les premiers qui le reconnurent
Furent un Milan, un Autour,
Qui l'infultérent tour à tour ;
Et pour ne le plus voir à l'inftant difparurent.
,, Suivez-nous & vous ferez bien ;
Dirent-ils aux Oifeaux qu'ils crurent pitoiables.
,, Ce Figuier déformais au rang des miferables
,, Ne peut plus nous fervir à rien.
,, Pour moi, dit une Tourterelle,
Connuë aux environs pour un Oifeau d'honneur,
,, Je prétens partager fa fortune cruelle

,, Puisque j'ai partagé ce qu'il eut de bonheur,
,, Il m'a tant fait de bien, reprit une Colombe,
    ,, Que je m'en souviendrai toujours,
,, Je veux être avec lui le reste de mes jours
    ,, Dans quelque disgrace qu'il tombe.
    ,, Plût au Ciel pouvoir par mes chants,
Ajoûta tendrement un Rossignol habile,
,, Lui rendre ses attraits, & forcer les méchans
,, A revenir un jour lui demander azile !
    Combien au Tableau qui paroît
    En voit-on qui sont tout semblables ?
    C'est ainsi que l'on reconnoît
    Les faux amis des véritables.

✤

Jamais vôtre portrait ne fut mieux en son jour
Vous êtes, vous & lui, le Milan & l'Autour,
Qui voiant du Figuier le destin déplorable
Dés qu'il fut malheureux le trouvérent coupable.
Tel paroît à vos yeux Iphis disgracié :
Vôtre infidele cœur qui le voit foudroié
Oubliant ses bienfaits dans cette humble posture
Ne le reconnoît plus que pour lui faire injure.
Si du sort inconstant j'éprouvois le courroux,
Que diriez - vous de moi qui ne fais rien pour
    vous ?
Iphis..... Mais je me trompe ou c'est lui qui s'ap-
    proche.
Adieu : De sa présence évitez le reproche.
Son faux discernement se connoit assez bien,
Puisqu'il s'est pû résoudre à vous faire du bien.

✤

S C E N E   IV.

IPHIS, TIRRENE, TRASIBULE, ESOPE.

IPHIS.

Amais vit - on difgrace & plus promte & plus
forte ?
Que mon fort, cher Tirrene, eft cruel !

TIRRENE.

Que m'importe !

IPHIS.

Qu'entens-je ? Trafibule aura plus de bonté :
Mon malheur......

TRASIBULE.

Quel qu'il foit vous l'avez mérité.

IPHIS.

Jufte Ciel ! Trafibule & Tirrene me fuient !
Que d'affronts à la Cour les malheureux effuient !

S C E N E   V.

IPHIS, ESOPE.

IPHIS.

Onfieur, je viens ici par un ordre du Roi
Dépofer mon crédit, ma faveur, mon em-
ploi
En de plus dignes mains je ne puis m'en démettre.

ESOPE.

Moi je vais le prier de ne le pas permettre.
Au chagrin de Cresus dussai-je m'exposer,
J'aime mieux le souffrir que de vous en causer.
Loin qu'à vôtre pouvoir je veüille rien préten-
    dre,
Je vous offre le mien pour vous le faire rendre,
Voiez auprés du Roi ce que je puis pour vous ?

IPHIS.

Respect, zele, remors, tout aigrit son courroux.
Si pour moi tant de fois sa bonté fut extrême,
Contre moi sa colere est aujourd'hui de même.
Mais ce qui m'est sensible en un tel changement,
Ceux qui me doivent tout m'insultent lâchement :
Pendant que de vos soins vous m'offrez l'assistance,
Vous, qui ne me devez que de l'indifference.
En voulant me servir vous déplairiez au Roi.

ESOPE.

Eh ! qui soupçonnez-vous de vous avoir nui ?

IPHIS.

Moi.

Ce qu'a de plus horrible une chute si haute,
Je ne puis qu'à moi seul en imputer la faute :
Un destin cruel me fut-il préparé,
C'est moi qui sans raison me le suis attiré :
De ma témérité je reçois le salaire.

ESOPE.

Cresus est trop bon Roi pour garder sa colere,
Vôtre crime envers lui n'est pas grand , que je
    crois.

IPHIS.

En fait-on de petits quand on déplaît aux Rois ?
Hier, dans un festin, dont j'eus le malheur d'être,
Cresus aiant mis bas la qualité de Maître,
Et nous regardant tous ainsi que ses égaux,
Voulut qu'en liberté l'on se dît ses deffauts.
Quand pour se divertir il nous eut dit les nôtres,

Voulant être traité comme il traitoit les autres,
J'eus l'indiscretion, en lui disant les siens,
De les trouver plus grands qu'il n'avoit fait les
　　miens.
Je lui dis qu'un grand Roi, qui veut qu'on le
　　renomme,
Jusques dans ses deffauts doit avoir du Grand-
　　Homme :
Et qu'avoir pour le vin plus d'amour qu'il ne faut
Est un vice trop bas dans un degré si haut.
„ Pour vous montrer, dit-il d'un air fier, mais
　　augufte,
„ Que j'amais dans le vin je ne fais rien d'in-
　　jufte,
„ Lors qu'un Sujet s'oublie & trahit son devoir,
„ Je reprens mes bontez & ne veux plus le voir.
„ Boire comme je fais n'eft pas un trop grand vice,
„ Puifqu'aprés avoir bû je rens si bien juftice.
„ Retirez-vous.

E S O P E.

　　　　Hé quoi ? Pour un vieux Courtifan,
Vous-même de vos maux vous êtes l'artifan ?
Pour reprendre les Rois, fans craindre leurs mur-
　　mures,
Il faut bien d'autres foins & bien d'autres mefures,
C'eft un fentier étroit qui de chaque côté
Préfente un précipice à la fincerité.
Les Rois & les flatteurs étant de même datte,
Il n'eft dans l'Univers aucun Roi qu'on ne flatte :
Et qui dans leurs plaifirs a l'honneur d'avoir
　　part,
S'il reprend leurs deffauts le doit faire avec art.
Il faut plein du refpect que leur préfence infpire,
Les leur faire fentir, & non pas les leur dire ;
Et prendre garde encore, en rifquant ces leçons,
Qu'ils ne connoiffent pas que nous les connoif-
　　fans.

Il n'est rien prés du Roi que pour vous je ne fasse :
Mais n'oubliez jamais , si j'obtiens vôtre grace,
Qu'eussions-nous l'un & l'autre encore plus de pou-
    voir,
Nous sommes des jettons que le Roi fait valoir :
Comme souverain Maître , à qui tout est facile,
Il nous fait valoir un , ou nous fait valoir mille ,
Et suivant que son choix nous poste mal ou bien,
Nous sommes quelque chose ou nous ne sommes
    rien :
Sur tout, souvenez-vous dans tout ce que vous faites
De n'abuser jamais de la place où vous êtes :
La Fortune en aveugle ouvre , ou ferme la main,
Et puissant aujourd'hui , l'on ne l'est pas demain.
Pour vous rendre sensible aux raisons que j'étale
J'y vais d'un Apologue ajoûter la Morale.

La Guenon & son Maître.

FABLE.

UN grand Seigneur avoit une Guenon
    Qui lui sembloit si jolie
    Qu'il l'aimoit à la folie :
A ce qu'elle vouloit, on n'osoit dire non.
Elle lui demanda s'il auroit agréable
    Qu'elle s'assît sur un coin de sa table :
,, Oüi , dit-il , ce plaisir me semblera bien doux,
    ,, Trouverez-vous bon , lui dit-elle,
    ,, Que donnant l'essor à mon zéle
    ,, Je saute quelquefois sur vous ?
Pour laisser un champ libre à ses badineries
Il consentit sans peine à ce manége-là.
Je ne vous dirai point combien de singeries
    Elle fit aprés cela.
Je dirai seulement que flatée , aplaudie,

Qu'elle eût tort , ou qu'elle eût raison,
La Guenon un peu trop hardie
Oublia qu'elle étoit Guenon.
Loin d'avoir pour son Maître une sincere attache,
Devenuë orgueilleuse à le voir complaisant ,
Un matin en le baisant
Elle arracha la moustache
D'un Maître si bien-faisant.
,, Ah ! Perfide, dit-il , qui t'ôses méconnoître ;
,, J'ai pour ton insolence un châtiment tout prest :
,, Dans un moment tu sauras ce que c'est
,, Que d'abuser des bontez de son Maître.
Elle eut beau de son crime étaler les remors ,
Et pour rentrer en grace emploier les prieres :
Aprés vingt coups d'étrivieres
Elle fut mise dehors.
Comme en toute rencontre elle étoit malhonnête,
Chacun avec plaisir la vid humilier.
Tel est auprés des Rois où la Grandeur entête,
Le sort des Favoris qui s'osent oublier.

❧❧❧

Quelque soumission que cette Fable inspire
J'aurois sur ce sujet encor beaucoup à dire :
Mais comme vôtre grace est mon plus doux espoir,
Je vais trouver Cresus & faire mon devoir.

Fin du second Acte.

ACTE III.

SCENE I.

CRESUS, GARDES.

CRESUS.

Esope ne suit pas ?

UN GARDE.
Non Seigneur.

CRESUS.

Qu'on l'appelle;
Quel Ministre à son Roi fut jamais plus fidelle ?
Quelque prix de ses soins qu'il éxige aujourd'hui
Il fait bien plus pour moi que je ne fais pour lui.
Le voici. Laissez-nous.

SCENE II.

CRESUS, ESOPE.

CRESUS.

Mon aspect t'embarasse :

De l'indiscret Iphis tu demande la grace
Je sai que la clemence est la vertu des Rois,
Et tu me l'as toi-même apris assez de fois.
Mais aprés les bienfaits dont il m'est redevable
L'injure qu'il m'a faite est-elle pardonnable ?
Et sans te prévenir , si tu veux y penser,
Puis-je lui faire grace , & peux-tu m'en presser ?

E S O P E.

Je ne veux point, Seigneur, pour avoir cette grace
Par de vaines raisons excuser son audace :
Je vous l'ai déja dit , c'est avec équité
Que vous l'avez puni de sa temerité.
Mais quand vôtre justice a ce qu'elle souhaite
Vôtre bonté, Seigneur, est-elle satisfaite ?
Le trouble où je vous vois, me fait connoître assez
Que vous pardonnez mieux que vous ne punissez,
Quel plaisir ont les Rois de pouvoir faire grace !

C R E S U S.

Songes-tu que d'Iphis je t'ai donné la place ?
Puis-je lui pardonner sans la lui rendre ?

E S O P E.

Non.
Je remets en vos mains un si precieux don.
Plus on est élevé , plus on cause d'ombrage.
Un vaisseau trop chargé n'est pas loin du naufrage,
Au lieu qu'il vogue à l'aise & ne craint nul assaut
Quand il n'a justement que le poids qu'il lui faut.
Iphis n'est pas le seul à la Cour qui s'oublie,
Et qui devienne sage aprés une folie.
Combien en a-t'on vû de toutes qualitez
Qui pendant leur jeunesse imprudens , emportez
Dans un âge plus mur dépouillez de tous vices
Vous ont rendu, Seigneur, de signalez services ?
Rendez-lui vos bontez ; Sensible à ce bienfait
Il vous rendra service encor mieux qu'il n'a fait.
Le Ciel à ce propos me sugere une Fable,

Qui

Qui peut-être à mes vœux vous rendra favorable :
Pour fléchir vôtre cœur c'eſt mon dernier moien :
Ce que je vous demande eſt de l'écouter bien.
Je ne dirai plus rien ſi ma fable eſt frivole.

CRESUS.

J'écoute, ſouviens-toi de me tenir parole.

ESOPE.

Le Lion & le Rat,

FABLE.

UN Lion endormi s'éveillant en ſurſaut
   Rencontre un Rat ſous ſa patte ;
Comme un Lion eſt fier & qu'il a le ſang chaud,
   Il fulmine, tonne, éclate.
   Pour apaiſer ſon couroux,
   Le Rat que la crainte glace,
   Se proſterne à ſes genoux,
Et d'un ton ſupliant lui demande ſa grace.
,, L'intervalle eſt ſi grand, dit-il, de vous à moi
,, Qu'en me faiſant perir vous auriez peu de gloire;
   ,, Et la clemence d'un Roi
   ,, Eterniſe ſa memoire,
   ,, Si vous avez la bonté
   ,, De me conſerver la vie,
,, La prodiguer par tout pour vôtre Majeſté
   , Sera ma plus forte envie.
Le Lion genereux mettant la griffe bas,
   Senſible à cette requête
   Fit grace à la pauvre bête,
   Et ne s'en repentit pas.
   En pourſuivant une proie
   Trois où quatre jours aprés,
   Le Lion pris en des Rets,
Pour s'en débaraſſer ne trouve aucune voie.

Par des efforts vigoureux
Il tâche à rompre sa chaîne ;
Mais plus il y prend de peine
Plus il en serre les nœuds.
De chaque animal qui passe ,
En vain dans ce peril il attend du secours :
Quand le Destin nous menace
Nos meilleurs Amis sont sourds.
Le Rat seul , d'un pas agile
L'aiant entendu rugir,
Vient voir à quel usage il lui peut être utile,
Et sans beaucoup parler cherche à beaucoup agir.
Il s'attache avec soin à ronger une corde
Qui de tout l'attirail est le nœud Gordien :
Et par bonheur tout succéde si bien,
Tant de fortune à son zéle s'accorde,
Que du Lion captif il brise le lien,
Pour le recompenser de sa misericorde.

Princes , qui pouvant tout, vous croïez tout permis,
Aux malheureux soiez toûjours propices.
Tels que l'on croit d'inutiles amis
Dans le besoin rendent de bons services.

Hé bien , Seigneur , mes vœux seront-ils éxaucez :
Vous ne répondez rien !
####　C R E S U S.
C'est ce répondre assez.
Le Lion me prescrit ce qu'il faut que je fasse :
Je dois, Roi comme lui , comme lui faire grace.
Qu'Iphis de mon courroux n'aprehende plus rien,
Puisqu'il est ton ami je veux être le sien,
####　E S O P E.
Seigneur !...

CRESUS.

Je te deffens d'oser ouvrir la bouche
Pour me perſuader que ma bonté te touche.
Le plaiſir le plus grand trop long-tems attendu
Par celui qui le fait eſt toûjours trop vendu :
Et c'eſt je te l'avoüe, une tache à ma vie
D'avoir été ſi lent à remplir ton envie.
Loin de te refuſer compte qu'à l'avenir
Quels que ſoient tes ſouhaits je veux les prevenir.

Fais-moi je t'en conjure, un plaiſir à ton tour,
Iphicrate, autrefois l'ornement de la Cour,
Qui ſe fait eſtimer de tous ceux qui le voient,
Va te rendre viſite, & les Dieux te l'envoient.
Jamais plus honnète homme à tes yeux n'a parû :
Mais aprens ſa foibleſſe, il n'a jamais rien crû.
C'eſt le cœur le mieux fait que le Ciel ait vû naître;
L'ami le plus ardent que l'on puiſſe connoître;
Genereux, magnifique, affable, officieux;
Pour tout dire, accompli s'il pouvoit croire aux
    Dieux.
Il vient, de ſon Erreur fais lui voir l'injuſtice.
Je l'aime; & c'eſt à moi que tu rendras ſervice.

S C E N E III.

IPHICRATE, ESOPE.

IPHICRATE.

Monſieur, de vos vertus le bruit s'étend ſi loin
Qu'on ne peut pour vous voir ſe donner trop
    de ſoin.

Aprés un long service en differentes guerres
Relegué par la Paix dans une de mes Terres,
Où sans ambition , sans amour , sans desir,
Je prefere l'étude à tout autre plaisir ;
Tout ce que j'ai d'amis qui m'y rendent visite
M'ont tant parlé de vôtre merite
Qu'aiant vû ce matin qu'il faisoit un beau jour,
J'ai quitté pour vous voir mon tranquille sejour :
Et je suis si content d'avoir cet avantage
Que mon plaisir paroît jusques sur mon visage.

E S O P E.

Si vous en exceptez la rareté du fait ;
J'ignore quel plaisir ma figure vous fait ;
Pour me bien définir je ne sai point de phrase.

I P H I C R A T E.

Je viens pour la liqueur & non pas pour le vase.
Le corps , quel qu'il puisse être est l'ouvrage d'autrui
Mais la vertu d'un homme est son ouvrage à lui :
Et je croirois lui faire une injustice extrême
Si je ne le voiois par son merite même.

E S O P E.

Quand j'aurois un merite à vous fraper les yeux
Ne le devrois-je pas à la bonté des Dieux ?

I P H I C R A T E.

Des Dieux ? bon !

E S O P E.
Comment bon ?

I P H I C R A T E.
Eh quoi ! vous qu'on renomme;
Vous avez la foiblesse & l'erreur d'un autre homme !
Vous croiez donc devoir vôtre merite aux Dieux ?

E S O P E.

Avant que vous & moi nous nous expliquions mieux,
Avec qui , s'il vous plaît , ai-je ici l'honneur d'être ?

I P H I C R A T E.

On me nomme Iphicrate , & vous m'allez connoître,
Je ne fais ici-bas d'autre felicité

Que dans une flateuse & douce volupté.
Non dans la volupté dont le peuple s'entête ;
Qu'on évite avec soin pour peu qu'on soit honnête ;
Et qui pour des plaisirs peu durables & faux
Cause presque toûjours de veritables maux.
J'apelle volupté proprement ce qu'on nomme
Ne se reprocher rien & vivre en honnête homme :
Apuier l'innocent contre l'iniquité :
Briller moins par l'esprit que par la probité :
Du merite oprimé reparer l'injustice :
Ne souhaiter du bien que pour rendre service :
Etre accessible à tous par son humanité :
Non, rien n'est comparable à cette volupté.

ESOPE.

Vôtre plaisir est grand, je n'en fais point de doute,
A suivre une si juste & si charmante route
Je ne vous céle point que je suis enchanté
De cette délicate & pure volupté.
Je rens graces aux Dieux......

IPHICRATE.

       Eh quoi ! les Dieux encore ;
Laissez-là ces beaux noms, que le vulgaire adore ;
Peut-on être si foible avec tant de raison ?

ESOPE.

Vous ne croiez donc pas qu'il soit des Dieux ?

IPHICRATE.

       Moi ? non ?
Et vous ne le croiez non plus que moi, je pense.

ESOPE.

Vous le conjecturez avec peu d'aparence.
Sur quoi vous fondez-vous pour n'en pas croire ?

IPHICRATE.   Moi ?

Sur quoi vous fondez-vous pour en croire ?

ESOPE.

       Sur quoi ?
J'ai, vous n'en doutez point, pour moi le plus grand
  nombre.

IPHICRATE.

Il est vrai, mais qui marche à tâtons & dans l'ombre,
Qui bronche à chaque pas, chancelle à chaque point,
Et qui les craint si peu, que c'est n'en croire point.
Les Dieux doivent leur être aux foiblesses des hom-

ESOPE.   [mes.

Ne convenez-vous pas que vous & moi nous sommes?

IPHICRATE.

Sans doute.

ESOPE.

Croiez-vous que nous venions de rien?
Mon pere avoit son pere, & son pere le sien :
Et que nous parcourions mes aieux ou les vôtres
Il en faut un premier d'où soient venus les autres.
Vous êtes trop prudent pour me nier cela.
Hé qui donc, je vous prie, a fait ce premier là?
Voilà sur quel article il faut qu'on me réponde.

IPHICRATE.

Je crois l'homme éternel de même que le monde.

ESOPE.

Peut-il être éternel & sujet au trepas ?
Il commence & finit, vous ne l'ignorez pas :
Tout être dépendant vient d'un être suprême ;
Et ce que nous voions ne s'est point fait soi-même.
Jettez les yeux par tout, l'air, la terre, les eaux,
Le Ciel où jour & nuit brillent des Feux si beaux.
L'ordre toûjours égal des Saisons, des Planettes,
Prouve par quelles mains elles ont été faites.
Vous qui paroissez être homme ferme, esprit fort,
Parce que d'un peu loin vous croiez voir la mort,
Si par quelque accident, maladie ou blessure,
Dans une heure au plus tard vôtre mort étoit sûre,
Penseriez-vous des Dieux ce que vous en pensez ?
Et pour n'y croire pas seriez-vous ferme assez ?
Parlez de bonne foi sur le fait que je pose.

IPHICRATE.

Si je devois mourir dans une heure ?

ESOPE.

Oüi.

IPHICRATE.

La chose

Est un peu délicate & je ne sai pas bien.....

ESOPE.

Croiriez-vous quelque chose , ou ne croiriez-vous
   rien ?
Vous , & tous vos pareils , qui semblez intrepides,
A l'aspect de la mort vous êtes si timides,
Que pour un insensé qui craint d'ouvrir les yeux,
Mille de cris perçans importunent les Dieux,
S'il vous falloit mourir que croiriez-vous ?

IPHICRATE.

Peut-être
Que mon cœur combattu par la peur du non être.....

ESOPE.

Eh ! Monsieur le non-être est ce qu'on craint le
   moins :
La peur d'être toujours cause bien d'autres soins :
Le passé fait trembler , l'avenir embarasse.
Mais sans nous écarter , répondez-moi , de grace,
Si vous deviez mourir dans une heure au plus tard
Que croiriez-vous ? Parlez sans énigme & sans fard.

IPHICRATE.

Sans énigme & sans fard ! Je ne suis pas un homme
Qui par le nom d'athée aime qu'on me renomme.
Je ne dispute point pour vouloir disputer.
Je cherche à m'éclaircir & non pas à douter.
Loin d'avoir du plaisir , j'ai de l'inquietude
A flotter dans le trouble, & dans l'incertitude
Et chagrin contre moi d'avoir ainsi vécu,
Le bonheur où j'aspire est d'être convaincu.
J'ai vû la mort de prés dans plus d'une bataille
Je l'ai vûë à l'assaut de plus d'une muraille ;
Sans que dans ce peril elle ait pû m'inspirer
Ni de croire des Dieux , ni de les implorer.

Peut-être ma carriere aprochant de son terme,
Que dans ces sentimens je ne suis plus si ferme ;
Et que si dans une heure au plûtard je mourois,
Plus juste, ou plus craintif, je les implorerois.
Eh!que ne fait-on point quand il faut que l'on meure!

          E S O P E.

Vôtre raison alors sera-t'elle meilleure ?
Aurez vous de l'esprit plus que vous n'en avez ?
Saurez-vous sur ce point plus que vous ne savez ?
Seront - ce d'autres Dieux , ou sera - ce un autre
     homme ?
Pouvez-vous ne rien croire , & dormir d'un bon
     somme ?
De la vie à la mort il s'agit d'un instant.
Et que peut-on risquer qui soit plus important ?
Qui dit Dieux dit Vengeurs ; & leur foudre.....;r.

          I P H I C R A T E.

                              Au contraire ;
Qui dit Dieux dit Clemens : un remors bien sincere
Arrête en expirant leur Foudre prête à cheoir.

          E S O P E.

Hé ? ce remors sincere est-on seur de l'avoir ?
Sur le point d'expirer , quoi qu'on se persuade,
Le repentir est foible autant que le malade.
Je vais non vous prouver , mais vous faire entrevoir,
Qu'un espoir si tardif est un fragile espoir ;
Et qu'aux derniers momens les beaux esprits qui
     doutent
Ne sont pas assurez que les Dieux les écoutent.
Voulez-vous à m'entendre apliquer vôtre soin ?

          I P H I C R A T E.

Pour quel autre sujet viens-je ici de si loin ?
Le plaisir le plus grand que vous me puissiez faire
C'est de m'ouvrir vôtre ame & de ne me rien taire

ESOPE.

Le Faucon malade.

FABLE.

UN Faucon qui croioit les Dieux muets &
      sourds,
   Etant à son heure derniere
D'un lamentable ton sollicita sa mere
D'aller en sa faveur implorer leur secours.
Mon enfant, lui dit-elle, en mere habile & sage,
      Pendant que tu te portois bien,
      Tu disois qu'ils ne pouvoient rien :
      Ils ne peuvent pas davantage.

C'est presque ainsi que l'homme en use envers les
   Dieux :
Pour en croire il attend qu'il soit malade, ou vieux :
Jusqu'au moment funeste où leur vengeance arrive
Il les croit impuissans, voiant leur foudre oisive;
Et pour les apaiser fait des cris éclatans
Quand ils sont fatiguez & qu'il n'en est plus tems ;
La Clémence des Dieux, dont on voit tant de preuves,
Est semblable à peu prés à ces paisibles fleuves
Qui n'ont pû resister au tems rude & fatal
Qui tient leurs flots captifs sous un mur de cristal ;
Jusques à certain poids, qu'on y passe & repasse,
On est en sureté sur leur épaisse glace :
Mais lorsqu'on la surcharge elle fond sous nos pas ;
Et qui tombe dessous ne s'en retire pas.
Voilà ce que je croi.

IPHICRATE.

            Monsieur, cessons de grace,
Ce discours vous fatigue autant qu'il m'embarasse.
A luter contre vous j'aplique en vain mes soins :

E

Si vous ne m'abattez , vous m'ébranlez au moins.
Mais quel fruit , aprés tout auroit vôtre Victoire ?
Croire comme l'on fait , par exemple , est-ce croire ?
A parler sans contrainte & d'un cœur ingenu ,
Quel Dieu, hors la Fortune , à la Cour est connu ?
Pour peu que l'on y prie on est toûjours en garde ;
On observe avec soin si le Prince y regarde ;
Et lorsque par hazard on rencontre ses yeux ,
C'est lui que l'on invoque encor plus que les Dieux.
Adieu. Je sors d'ici plein de vôtre mérite.
Souffrez que je vous rende encore une visite.
Je croi par les efforts que vos bontez feront ,
Si mes yeux sont fermez qu'ils se défermeront.
Je demande un jour fixe encor cette semaine.

E S O P E.

Non, Monsieur ; je saurai vous en sauver la peine ;
Et je vous promets bien pour vous faire ma cour,
Que j'irai vous trouver jusqu'en vôtre séjour.

I P H I C R A T E.

„ Vous , Monsieur ? Plût aux Dieux , que je com-
   mence à croire ,
„ Que vous me vouluffiez accorder cette gloire.
„ C'est un endroit riant dans la belle saison :
„ Les ondes du Pactole entourent la maison :
On y voit d'un coup d'œil le Printems & l'Automne,
Les richeffes de Flore & les dons de Pomone ,
Et je ne vous dis point le plaisir que j'aurai
De vous y recevoir le mieux que je pourrai.
Precipitez l'honneur que vous voulez me faire.
   Adieu.

SCENE IV.

ESOPE *seul.*

Que de clartez, hors la plus neceſſaire !
Et que d'honnêtes gens à la Cour aujourd'hui
Ont la même foibleſſe éclairez comme lui !

SCENE V.

LEONIDE.

Bon jour, Monſieur.

ESOPE.

Bon jour, que voulez-vous, Madame ?

LEONIDE.

Eh ! Monſieur, je ne ſuis qu'une bien pauvre famme,
Je n'ai point de parens, pere, frere, ni ſœur.
Qui jamais ait été Madame, ni Monſieur ;
J'ai loüé cet habit pour paroître un peu brave ;
La Thrace eſt mon pais, & j'y ſuis née eſclave ;
Ce que je vous aprend montre aſſez, que je croi,
Qu'en m'appellant Madame, on ſe moque de moi.

ESOPE.

Hé bien, ma bonne femme, à quoi vous ſuis-je utile ?
Qui vous fait de ſi loin venir en cette Ville ?
J'écoute les raiſons, ſans diſtinguer les rangs ;
Et je croi me devoir plus aux petits qu'aux grands.

82

Comme ils sont situez plus prés de l'indigence,
Leur besoin plus pressant veut plus de diligence,
Si je puis vous servir ici, je le ferai.
Y serez-vous long-tems ?

LEONIDE.

Le moins que je pourai
Sans vous de qui la vuë adoucit ma disgrace,
Je me repentirois d'avoir quité la Thrace;
J'ai bien pris de la peine, & bien fait du chemin,
Pour ne trouver au bout que mépris & chagrin.

ESOPE.

Avez-vous de quelqu'un essuié quelque injure ?

LEONIDE.

Oüi, Monsieur; & sans doute une qui m'est bien dure.

ESOPE.

Et de qui ?

LEONIDF.

D'une main de qui mon cœur deçu
N'atendoit point du tout le coup qu'il a reçu :
De Rodope.

ESOPE.

Rodope ! elle qui plait, qui brille,
Rodope, dites-vous ?

LEONIDE.

Eh ! bons Dieux quelle fille?
Elle vient de me faire un si cruel affront......

ESOPE.

Elle ? Rodope ?

LEONIDE.

Un jour les Dieux l'en puniront,
J'en conçois par avance une douleur mortelle.

ESOPE.

Hola ! quelqu'un.

SCENE VI.

LICAS, ESOPE, LEONIDE.

ESOPE *à Licas.*

Voïez si Rodope est chez elle,
Je la prie instamment de vouloir me mander
Quand je pourrai la voir sans trop l'incommoder.
Je vous attens ici pour avoir sa réponse.
Licas sort.

SCENE VII.

LEONIDE, ESOPE.

LEONIDE.

Cachez bien , s'il vous plaît , ce que je vous
annonce,
Mon cher Monsieur ; Je l'aime, & quoi qu'elle m'ai
fait,
Si je lui faisois tort j'en aurois du regret,
Je le sens bien.

ESOPE.
D'où vient qu'elle vous est si chere ?
LEONIDE.
Pour m'avoir méconnuë en suis-je moins sa mere ?
ESOPE.
Vous, sa mere ?

E iij

LEONIDE.

Oüi, Monſieur ; Si cet aveu lui nuit
Je conſens avec joie à n'en faire aucun bruit.
Aprés l'avoir pleurée, & crû ſa mort certaine,
Un Marchand de Sardis qui vint à Clazoméne
Au bout de quatorze ans m'aiant apris ſon ſort,
Je pars, je cours, j'arrive, & fais naufrage au port,
Pour le prix de mes ſoins, j'ai la douleur amere
De trouver un enfant qui méconnoit ſa mere :
Et contrainte à partir pour retourner ſi loin
J'implore vos bontez dans le dernier beſoin :
Pardon, ſi juſqu'à vous ma douleur eſt venuë.

ESOPE.

Rodope eſt vôtre fille, & vous a méconnuë !
Eſt-il bien vrai ? Vos yeux en ſont-ils les témoins ?
Et n'y mêlez-vous rien, ou de plus ou de moins ?
Quelles fauſſes raiſons colorent cet outrage ?

LEONIDE.

Je ſuis pauvre, elle eſt riche ; en faut-il davantage !
Elle a peur que ma vuë infecte ſa maiſon.
C'eſt tout.

ESOPE.

La pauvre femme a peut-être raiſon.
Rodope n'eſt pas ſeule en ſa bonne fortune
Qui d'un pauvre parent fuit la vuë importune.
Il n'eſt pas ſous le Ciel de gens plus malheureux
Que ceux dont les enfans ſont plus élevez qu'eux.
Qu'un Homme de Finance ait ennobli ſa race,
En l'avoüant pour pere on croit lui faire grace ;
Et qu'un riche Marchand faſſe un fils Conſeiller,
Ce fils en le voiant craint de s'encanailler,
Un mépris infaillible eſt le digne ſalaire
D'avoir plus fait pour eux que l'on ne devoit faire :
Et quoique tous les jours on éprouve cela,
On retombe ſans ceſſe en cette faute-là.
　　Ce n'eſt pas envers vous tout à-fait même choſe ;
Rodope de ſon ſort elle ſeule eſt la cauſe.

Le jour qu'elle respire est vôtre unique don.
LEONIDE.
Est-ce un juste sujet de ne me pas voir ?
ESOPE.

Non.

Elle a dû vous voiant avoir l'ame ravie,
Eh ! que ne doit-on pas à qui l'on doit la vie !
Bien-tôt de ces raisons je vais être éclairci.

SCENE VIII.

LICAS, ESOPE, LEONIDE.

LICAS.
ROdope suit mes pas , & va se rendre ici.
Je n'ai pû l'empêcher de prendre cette peine.
ESOPE à *Licas*.
Conduisez cette femme à la chambre prochaine :
Et sur tout aiez soin de la placer si bien,
Que de tous nos discours elle ne perde rien.
Allez. Ce que j'entens de Rodope m'étonne.

SCENE IX.

RODOPE , ESOPE.

RODOPE.

JE viens savoir de vous à quoi je vous suis
bonne.
ESOPE.
Je m'en allois vous voir.

E iiij

RODOPE.

                        Et moi je vous préviens,
Sure que vos momens sont plus chers que les miens.
Que vous plait-il ?

            ESOPE.

                    Vous dire une Fable nouvelle
Que bien des Courtisans m'ont parû trouver belle :
Mais étans la plûpart ou flateurs ou jaloux,
Je veux m'en raporter uniquement à vous.
Mon but est qu'une Fable instruise , plaise, touche ;
Et j'en croi plus le cœur que je n'en croi la bouche.
Si le vôtre s'émeut je serai satisfait.

            RODOPE.
J'en dirai mon avis comme j'ai toûjours fait :
Sans vanité pour moi , pour vous sans flaterie.

            ESOPE.
C'est ce que je demande & de quoi je vous prie.

Le Fleuve & sa Source.

FABLE.

UN Fleuve enflé d'orgueil de l'abondance d'eau
Qui de plusieurs endroits avoit grossi sa course,
Avec indignité desavoüa la Source
Qui l'avoit en naissant fait un simple Ruisseau.
Ingrat , lui dit la Source, à qui ce coup fut rude !
Que tu reconnois mal ma tendresse & mes soins !
Quelque injuste raison qu'ait ton ingratitude,
Sans moi , qui ne suis rien , tu serois encore moins.

Hé bien , de cette Fable avez-vous l'ame émeuë ?
Sentez-vous qu'en secret vôtre cœur se remuë ?
Vous pleurez ?

RODOPE.

Est-ce à tort je suis au desespoir?
J'ai trachi la nature ; oublié mon devoir ;
Sacrifié ma gloire à des chiméres vaines ;
Et fait taire le sang qui coule dans mes veines.
Semblable au Fleuve ingrat, né d'un foible Ruisseau,
Qui méconnût sa Source, orgueilleux de son eau,
Aiant reçû le jour d'une Esclave étrangere,
Par orgueil comme lui j'ai méconnu ma Mere.

ESOPE.

Vous Rodope ?

RODOPE.

Moi même. Est-il rien de si bas ?
Surprise d'un accueil qu'elle n'attendoit pas,
» Hé bien, m'a-t'elle dit, en versant quelques lar-
        mes,
» Rassurez-vous Rodope, & n'aiez point d'allar-
        mes :
» Prête à m'aller rejoindre à mes pauvres Aïeux
» Je venois vous prier de me fermer les yeux ;
» Et croiois que le Sort lassé de me poursuivre,
» Souffriroit qu'avec vous j'achevasse de vivre.
» Puisqu'il est si contraire à mes plus doux souhaits,
» Tout ce que je demande est de mourir en paix.
» Adieu. La pauvre femme à l'instant est sortie ;
Et pour s'en retourner est sans doute partie.
A peine de ma chambre a-t'elle été dehors,
Que pour la retrouver j'ai fait de vains efforts.
Faites, au nom des Dieux, qu'on me rende ma Mere,
Plus elle est malheureuse & plus elle m'est chere ;
Je veux souffrir sa peine, ou me faire un honneur,
De lui voir avec moi partager mon bonheur.
Calmez l'émotion où me met vôtre Fable.

ESOPE.

Ce que vous m'avez dit, Rodope, est-il croiable?

RODOPE.

Non il n'est pas croiable à vous parler sans fard,

Qu'un Enfant pour fa Mere ait eu fi peu d'égard.
Si mon crime fut grand, mon remors eft extrême:
Envoiez aprés elle, ou bien j'y vais moi-même.
Je ne puis fans la voir demeurer plus long tems.

ESOPE.

Eft-ce d'un cœur touché que part ce que j'entens ?
Ne me faites-vous point une promeffe vaine ?

RODOPE.

Quel plaifir prenez-vous à prolonger ma peine ?
Les momens font trop chers pour les perdre en dif-
     cours :
Ma Mere à qui tout manque a befoin de fecours.
Je dois à fa mifere une prompte affiftance.

ESOPE.

J'entrevois dans ce zele un peu de bienféance,
Un amour tendre & pur ne vous fait point agir ;
C'eft la crainte du blâme & la peur de rougir :
Vôtre faute eft fecrette & deviendroit publique ;
Et la Nature agit moins que la Politique.

RODOPE.

Mon cœur de vos mépris defefperé, confus,
Quelques rudes qu'ils foient, en merite encor plus.
Soupçonnez d'artifice un repentir fincere
Je ne me plains de rien que des maux de ma Mere,
Loin que nôtre difpute en termine le cours,
Pendant que nous parlons ils augmentent toûjours.
Ce que je fens pour elle eft fi pur, que je jure
De ne prendre jamais repos ni nourriture,
Que nous ne partagions, pour tout dire en deux
     mots,
La même nourriture & le même repos.
J'aime mieux devancer que voir fes funerailles.
Adieu.

SCENE X.

LEONIDE, RODOPE, ESOPE, LICAS.

LEONIDE *à part.*

CE que j'entens me perce les entrailles.
Mon cœur est penetré des plus sensibles coups.
Haut.
Venez ma chere Fille . . . .

RODOPE.

  Eh ! ma Mere est-ce vous ?
Aprés ce que j'ai fait puis-je vous être chere ?
Et reconnoissez vous qui méconnoît sa Mere ?
Quel prix vous recevez de m'avoir mis au jour !

ESOPE.

Je vous ai fait pleurer , & je pleure à mon tour.
Consolez-vous , Rodope ; une si belle faute
Vous donne plus d'éclat qu'elle ne vous en ôte,
Ce que je viens de voir m'a si fort satisfait,
Quë je vous aime plus que je n'ai jamais fait.
Dans vôtre apartement couduisez-la vous même.
à Leonide.
Aiez pour vôtre Fille une tendresse extrême.
à Rodope.
Et vous à l'avenir soûmise à son aspect
Aiez pour vôtre Mere un extrême respect.
Pour être un des premiers à lui montrer mon zele
Ce soir je vous convie à souper avec elle.
Satisfait de l'entendre & ravi de la voir
Je ferai mes efforts pour la bien recevoir.

Fin du troisiéme Acte.

ACTE IV.

SCENE I.

ARSINOE', LAIS.

LAIS.

AU plus riche des Rois vous voilà presque
   unie ;
Il n'y manque plus rien que la Céremonie,
Et dans un beau Fauteüil assise à son côté
Vôtre Altesse demain deviendra Majesté.
Le Ciel à vôtre Sang devoit ce privilege.
Mais moi , Madame , moi demain que deviendrai-
   je ?
Je voudrois bien......

ARSINOE'.

J'entens ce que tu voudrois bien :
Et ton bonheur, Lais, suivroit de prés le mien.
Mais j'y vois un obstacle!

LAIS.

Hé quel est il ?

ARSINOE'.   Rodope.
Elle a fait ce matin sa paix avec Esope ,
Tu sais en quelle estime il est auprés du Roi :
Et je songeois à lui pour l'attacher à toi.

LAIS.

Qui? Lui, Madame ?

ARSINOE'.

Efope eſt né dans l'indigence.
Mais , Laïs , ſes vertus corrigent ſa naiſſance.
Quel honneur n'a-t'il point de ne devoir qu'à lui
Le Poſte glorieux qu'il occupe aujourd'hui ?
Efope ſans naiſſance eſt dans une poſture….,

LAIS.

Avez-vous parcouru ſa bizarre figure ?
Je renonce à vos biens ſi le plus grand de tous
Conſiſte à me donner Efope pour Epoux.
Je n'en veux vraïement point.

ARSINOE'.

Connois-tu bien Efope ?

LAIS.

Il ne faut pour le voir prendre aucun Microfcope.
De ſon hideux aſpect on eſt d'abord frapé.
Hors l'Eſprit qu'il a droit il a tout éclopé ,
Et quoique ſa Morale ait des traits admirables ,
L'Himen n'eſt pas un Dieu qu'on repaiſſe de Fables.
En un mot, quelque Epoux qui me ſoit deſtiné ,
Je le veux, ſi je puis , bien conditioné.
Que rien n'y manque.

ARSINOE'.

Efope a l'eſprit net , affable.

LAIS.

L'eſprit net , il eſt vrai ; le corps indéchiffrable.
C'eſt d'une fort belle ame un fort vilain étui.
Que feroit-il de moi ? Que ferois-je de lui ?
Pardon ſi ma penſée eſt contraire à la vôtre ,
Mais il faut pour s'aimer être faits l'un pour
    l'autre ;
Si l'Epoux que l'on prend n'a le don de toucher ,
La vertu de la femme eſt facile à broncher.
La mienne juſqu'ici ne s'eſt point dementie ;
De la contagion elle s'eſt garentie ;
Je veux, s'il m'eſt poſſible, être femme de bien,
Et ſi je ſuis à lui , je ne répons de rien.

Preſervez ma pudeur qu'il rendroit chancelante
D'une tentation qui ſeroit violente.
Le voici. Juſtes Dieux, détournez un tel coup !
J'aime mieux mourir fille, & c'eſt dire beaucoup.

SCENE II.

ESOPE, ARSINOE', LAIS.

ESOPE.

VOus me voiez confus d'oſer vous faire atten-
          dre,
Moi qui dois à vôtre ordre avec reſpect me ren-
    dre :
Mais enfermé, Madame, au Cabinet du Roi. . . .

ARSINOE'.

Eh qui de vos bontez ſait mieux le prix que moi ?
Pouvez-vous m'en donner de plus ſenſibles mar-
    ques ?
Deſtinée à l'Himen du plus grand des Monarques,
Je doi plus ce bonheur, que je n'atendois pas,
A vos ſoins empreſſez qu'à mes foibles apas.
Vous avez ſeul vers moi fait pancher la balance.

ESOPE.

Eh puis-je avoir pour vous trop de reconnoiſſance ?
La qualité de Reine eſt dûë à vos vertus ;
Mais plût aux Dieux Madame, avoir pû faire
    plus !
Je n'oublirai jamais qu'à la premiere veüë
Creſus de ma préſence eut d'abord l'ame émûë ;
Et que ſi dans ces lieux j'éprouve un ſort ſi doux
Je le dois à l'apui que je receus de vous.
Un bienfait tôt ou tard trouve un prix infallible ;
Et vous en allez voir une preuve ſenſible.

La Colombe & la Fourmi.

FABLE.

LA Colombe qui s'égaioit
Au bord d'une fontaine où l'onde étoit fort belle,
Vid se démener auprés d'elle
Une fourmi qui se noioit.
Sensible à son malheur, mais encore plus active
A lui prêter secours par quelque promt moien,
Elle cueille un brin d'herbe, & l'ajuste si bien,
Que la Fourmi l'atrape & regagne la rive.
Quand elle fut hors de danger
Sur le mur le plus prés la Colombe s'envole :
Un Manan à piez-nus qui la void s'y ranger
Fait abord vœu de la manger,
Et ne croi pas son vœu frivole.
Assûré de l'Arc qu'il portoit,
De sa fléche la plus fidelle
Il alloit lui donner une atteinte mortelle :
Mais la Fourmi qui le guettoit,
Voiant sa bien-faictrice en cet état réduite
Le mord si rudement au pié
Que se croiant estropié,
Il fait un si grand bruit que l'Oiseau prend la fuite.

Par la foible Fourmi ce service rendu
A la Colombe bien-faisante
Est une preuve suffisante
Qu'un bien fait n'est jamais perdu.

ARSINOE.

Il est vrai qu'un bien fait n'est jamais sans salaire,
N'eut-on que le plaisir que l'on goûte à le faire :
Epouse de Crésus que mon fort sera doux

Pouvant faire du bien , de commencer par vous ?
Je viens exprés ici vous le dire moi-même.
Demain affociée à fon pouvoir fuprème ,
Comme de vôtre bien ufez de mon credit.

E S O P E *arrêtant Laïs.*

J'ai fait , belle Laïs , ce que vous m'avez dit ;
Tantôt.d'un air galand vôtre main dans la mienne
Vous m'avez demandé quelqu'un qui vous convien-
    ne ;
Et fur qui que ce foit que j'arrête les yeux,
Je crois être celui qui vous convient le mieux.
Si le parti vous plaît , la main eft toute prête.

L A I S.

Moi , Monfieur , de Rodope enlever la Conquête!
Que diroit-elle ?Non je rens grace à vos foins :
Vous lui convenez plus , & je vous conviens moins.
J'ai pour vôtre mérite un eftime fincére
Pour de l'amour.....tout franc, vous n'en infpirez
    guére ;
Et vous favez le fort de quantité d'Epoux ,
Qui , fans vous offencer , font bien mieux faits que
    vous.
S'il vous faut , comme un autre, éprouver ce fuplice
Je vous honore trop pour en être complice.

E S O P E.

Aliez ; c'eft-être fage , & l'être au dernier point
Que de ne s'unir pas à ce qu'on n'aime point.
Je voulois éprouver quelle étoit vôtre pente,
Aimez & qu'on vous aime, & vous vivrez contente,
C'eft le fort le plus doux...

S C E N E

SCENE III.

CLEON, ESOPE.

CLEON.

EH bon jour mon Patron.
Baisez-moi, je vous prie ; encore une fois. Bon.
Les yeux vifs, le teint frais, la face rubiconde,
Vous ferez, j'en suis seur, l'Epitaphe du monde.
Jamais homme à mon gré, ne se porta si bien.

ESOPE.

Ma santé, par malheur, ne vous est bonne à rien.

CLEON.

Puis-je compter sur vous pour me rendre un service ?

ESOPE.

Pouvez-vous en douter & me rendre justice ?
M'en offrir un moien c'est flatter mon desir.
Le plaisir d'obliger est mon plus grand plaisir.
Quand il faut à quelqu'un refuser quelque chose
J'en ai plus de chagrin que ceux à qui j'en cause.
Rien ne m'est plus sensible & ne me touche tant
Que lots que d'avec moi l'on s'en va mécontent.

CLEON.

J'ai tablé là-dessus, & viens vous mettre en œuvre
Je suis homme de Guerre, & j'en sai la manœuvre.
Expert en ce Metier je distingue d'abord
D'une Armée Ennemie & le foible & le fort.
Chagrin contre Ariston, qui ne fait rien qui vaille,
A le couler à fond sourdement je travaille
Et pour m'aider soû main à le rendre odieux,
C'est sur vous, mon Patron, que je jette les yeux
Je vous prefere à tous, tant je vous crois fidelle.

F

ESOPE.

Pour le couler à fond ? La preference est belle :
Pourquoi chercher à nuire à ce Brigadier-là ?

CLEON.

Pour mettre un habile homme en la place qu'il a ;
J'en fais un , avec vous je m'explique sans feindre,
Qu'on ne feroit pas mieux quand on le feroit peindre :
Fier , sans être orgueilleux ; doux, sans être soûmis ;
Estimé des soldats , & craint des Ennemis ;
Enfin ce qu'on appelle un des plus jolis hommes,
Qu'on ait vû de long tems à la Cour où nous sommes :
C'est le meilleur présent qu'on puisse faire au Roi.

ESOPE.

Hé quel est , s'il vous plaît , cet habile homme ?

CLEON.

Moi.

ESOPE.

Vous ?

CLEON.

Oüi. Je vous surprens de ce que je me nomme ;
Hé ! qui sait mieux que moi que je suis habile
homme ?
La modestie est belle enchâssée à propos ;
Mais hors de son endroit , c'est la vertu des sots.
Fiez-vous-en à moi ; je sais un peu la Carte :
Quand on a mes talens rarement on s'écarte.
Me proposer au Roi ce sera le ravir.

ESOPE.

Du meilleur de mon cœur je voudrois vous servir :
Vous ne pouvez jamais me causer plus de joie
Que de m'en procurer une équitable voie.
Mais, quel tort , dites-moi , m'a fait cet Officier,
Pour obliger Crésus à le disgracier ?
Parlez-moi d'élever & non pas de détruire.
Je n'ai point de pouvoir quand il s'agit de nuire ;
Ne me demandez point ce qui n'est pas permis.

CLEON.

Il est permis , parbleu , d'obliger ses Amis.
Et je vous crois le mien , comme je suis le vôtre.

ESOPE.

Pour en obliger un faut-il en perdre un autre ;
Il n'est rien de si beau que d'être genereux.
Vous auriez du scrupule à faire un malheureux.

CLEON.

Bon ! C'est bien à la Cour que l'on a du scrupule ?
On cherche à s'avancer , sans voir qui l'on recule.
Il n'est point de moment où l'on ne soit au guet
Pour y mettre à profit les faux pas qu'on y fait.
Et pourvû qu'à son but un Courtisan arrive,
On l'aplaudit toujours , quelque route qu'il suive.
Aller à la Fortune est mon unique fin.

ESOPE.

Allez-y , croiez-moi , par un autre chemin.
Cresus , des Potantats l'un des plus équitables,
A qui depuis un an , j'ai dedié mes Fables,
Se fait lire avec soin le matin & le soir
Celles que sans foiblesse un grand Roi peut savoir.
Et le plus lâche crime étant la calomnie,
Pour ne pas un moment la laisser impunie,
Il s'est fait un devoir d'aprendre celle-ci.
Quel bonheur , si les Rois en usoient tous ainsi !
L'Envie au desespoir honteusement réduite
De leurs paisibles Cours prendroit bien-tôt la fuite.
Ecoutez.

Le Lion decrepit.

FABLE.

LE Lion accablé par les ans,
Et n'aiant presque plus de chaleur naturelle,
Avoit autour de lui nombre de Courtisans
Qui par grimace ou non lui témoignoient leur zéle.

Le Loup, qui ne peut faire une bonne action,
Voiant que le Renard n'étoit pas de la bande,
         Le fit remarquer au Lion
Qui jura de punir une audace si grande.
Mais le rusé Renard, plus adroit que le Loup,
         Averti de son insolence,
         Non content de parer le coup
         Résolut d'en tirer vengence.
Il va rende visite au Roi des Animaux.
Et d'un ton assuré: ,, Vous voiez, dit-il, Sire,
         ,, Des Sujets de vôtre Empire
         ,, Le plus sensible à vos maux.   [les,
,, Pendant qu'on vous faisoit des commplimens steri-
,, Qui ne partent souvent que d'un zéle affecté,
         ,, Je cherchois des secrets utiles
,, Pour le soulagement de vôtre Majesté.
,, Elle est hors de peril, & l'Etat hors de crainte.
         ,, La peau d'un Loup écorché vif
         ,, Est un remede aussi prompt qu'effectif
         ,, Pour r'animer vôtre chaleur éteinte.
         Son attente eut un plein effet.
On écorche le Loup, on en couvre le Sire:
Et ceux qui du Renard l'avoient oüi medire
         Dirent tous que c'étoit bien fait.

Messieurs les Courtisans qui cherchez à vous nuire,
Quel plaisir prenez-vous à vous entre-détruire?
Si par la calomnie un homme a réüssi,
Cent pour un, tout au moins, s'y sont perdus aussi.
Je sai bien qu'à la Cour, au milieu des caresses
La Jalousie immole Amis, Parens, Maîtresses;
A qui veut s'agrandir le cas n'est pas nouveau,
Mais je sai bien aussi que cela n'est pas beau.
Quand d'une bonne Race on a l'honneur de naître
On cherche à meriter le Poste où l'on veut être.

Et si de vos Aieux vous avez les Vertus
Vous irez par leur route aux Emplois qu'ils ont eus,
C'est la plus juste voie, & la plus raisonnable.

CLEON.

N'avez-vous autre chose à m'offrir qu'une Fable ?
Le bon ami !

ESOPE.

Meilleur que vous ne le croiez.
C'est moi qui me dois plaindre, & c'est vous qui criez :
Je ne murmure point que pour vôtre service,
Vous me sollicitiez à faire une injustice
Et vous murmurez, vous, qui me la proposez
De ce qu'à vos désirs les miens sont oposez.
Qui de vous ou de moi mérite qu'on l'excuse,
Vous qui la demandez, ou moi qui la refuse ?

CLEON.

Vous ne voulez donc pas me servir ?

ESOPE.

J'y suis prêt,
Et même, s'il le faut contre mon interêt.
Ne me proposez rien dont pour vous je rougisse,
Et vous verrez alors si je rens bien service.
Vous seriez mal paré des dépoüilles d'autrui.

CLEON.

Savez-vous de quel Sang j'eus l'honneur de naître.

ESOPE.

Oüi.
Vous avez des Aieux dont la gloire est insigne :
Heritier de leur Nom tâchez d'en être digne ;
Tâchez.....

CLEON.

Point de leçons. Je suis graces aux Dieux
Plus habile que vous, quoi que je sois moins vieux.

ESOPE.

Je le croi. J'ai de l'âge & n'ai point de Science,
Mais j'ai du train du Monde un peu d'experience,
A la Guerre, & par tout, la Generosité

Est ce qui sied le mieux aux Gens de Qualité.
Et quiconque est formé d'un Sang comme le vôtre
Doit naturellement en avoir plus qu'un autre.

C L E O N.

Parlons net. Mon dessein est de perdre Ariston.
Voulez-vous m'y servir ?

E S O P E.

Pour cela, Monsieur, non :
Si c'est le seul motif qui vers moi vous ameine
C'est, à vous parler net, une visite vaine.

C L E O N.

Hé ! vous figurez-vous, mon cher petit Monsieur,
Qu'un Ministre inutile ait un vrai serviteur ?
Lors qu'à vous encenser tant de monde travaille
Est-ce pour vos beaux yeux ou vôtre belle taille ?
Le presumez-vous ?

E S O P E.

Non. Qui feroit ce projet
Auroit assurément grand tort sur mon sujet.
Autant que je l'ai pû pendant une heure entiere,
Je vous ai combatu d'une honnête maniere :
Mais les coups éloignez ne vous émeuvent point,
Il faut vous les tirer plus à brûle pourpoint.
Puis donc qu'à vôtre insulte il faut que je réponde,
Je n'ai pas en laideur mon pareil dans le monde ;
Je le sai ; mais le Ciel propice en mon endroit
Dans un corps de travers a mis un esprit droit.
Quelque hommage forcé que la crainte leur rende,
Je méconnois les Grands qui n'ont pas l'Ame grande,
Et je n'ai du respect pour l'éclat de leur Sang
Que lors que leur merite est égal à leur rang.
Les grands & les petits viennent par même voie :
Et souvent la naissance est comme la monnoie,
On ne peut l'alterer sans y faire du mal ;
Et le moindre alliage en corromt le métal,
Un soldat comme vous s'imagine peut-être....

CLEON.

Je ne suis point soldat , & nul ne m'a vû l'être.
Je suis bon Colonel & qui ſers bien l'Etat.

ESOPE.

Monſieur le Colonel qui n'êtes point ſoldat,
Je ne ſais ce que c'eſt que de rendre ſervice
Contre la bien-ſéance & contre la juſtice.

CLEON.

Adieu Monſieur : Bien-tôt.... je ne m'explique pas.

SCENE IV.

ESOPE ſeul.

PEut-on être ſi noble avec un cœur ſi bas !
  On dit que la Nobleſſe a la Vertu pour Mere :
S'il eſt vrai , ſes Enfans ne lui reſſemblent guere.
Et pour un qui l'imite & qui fait ſon devoir …
Mais quel homme important en ce lieu me vient voir?

SCENE V.

Mr GRIFFET, ESOPE.

Mr GRIFFET.

VOus voiez un Vieillard d'une aſſez bonne pâte,
  Qui va voir ſes Aieux, ſans pourtant avoir hâte;
Et qui ſouhaiteroit être aſſez fortuné
Pour vous entretenir ſans être détourné.
C'eſt pour le bien public que je vous rens viſite.

ESOPE.

Ah ! pour le bien public il n'est rien qu'on ne quitte
à l'instant.

Hola ? s'il vient quelqu'un , on ne me parle point.
J'agirai de concert avec vous sur ce point.
Allons d'abord au fait. Point d'inutiles termes.

Mr GRIFFET.

On doit le mois prochain renouveller les Fermes :
Et si par vôtre apui j'y pouvois avoir part,
Jamais homme pour vous n'auroit eu plus d'égard.
Pour me voir élevé à cette place exquise
Je me croi le merite & la vertu requise.
Il ne me manque rien qu'un Patron obligeant.

ESOPE.

Et quelle est la vertu d'un Fermier ?

Mr GRIFFET.

De l'argent.

Il ne fait point de cas des vertus inutiles,
Des soins infructueux & des veilles steriles.
D'une voix unanime & d'un commun accord
Les vertus d'un Fermier sont dans son coffre fort :
Et son zéle est si grand pour des vertus si belles,
Qu'il en veut tous les jours acquerir de nouvelles.
La Vertu toute nuë a l'air trop indigent ;
Et c'est n'en point avoir que n'avoir point d'argent.

ESOPE.

Fort bien. Mais croiez-vous y trouver vôtre compte ?
Avez-vous calculé jusques-où cela monte ?
Toute charge paiée y voiez-vous du bon ?
Parlez en conscience.

Mr GRIFFET.

En conscience , non.

Mais un homme d'esprit versé dans la Finance,
Pour n'avoir rien à faire avec sa conscience,
Fait son principal soin pour le bien du travail
D'être sourd à sa voix tant que dure le Bail,
Quand il est expiré tout le passé s'oublie ;

Avec

Avec ſa conſcience il ſe réconcilie ;
Et libre de tous ſoins il n'a plus que celui
De vivre en honnête homme avec le bien d'autrui.
Si vous me choiſiſſez & que le Roi me nomme,
Je doute que la Ferme ait un plus habile homme.
J'ai du bien, du credit & de l'argent comptant.
    Quant au tour du Bâton vous en ſerez content
Vôtre peine pour moi ne ſera point perduë :
Je ſai trop quelle offrande à cette grace eſt dûë :
Quoi que vous ordonniez tout me ſemblera bon.

ESOPE.

Qu'eſt-ce que c'eſt encor que le tour du Bâton ?
Je trouve cette phraſe aſſez particuliére.

Mr GRIFFET.

Vous voulez m'avertir qu'elle eſt trop familiére
J'ai regret avec vous de m'en être ſervi.

ESOPE.

Vous en avez regret & moi j'en ſuis ravi.
Pour familiére non ; je vous en juſtifie.
Dites-moi ſeulement ce qu'elle ſignifie.

Mr. GRIFFET.

Le tour du Bâton ?

ESOPE.
Oüi.

Mr GRIFFET.
                        C'eſt un certain apas....
Un profit clandeſtin .... Vous ne l'ignorez pas.

ESOPE.
J'ai là-deſſus, vous dis-je une ignorance extrême.

Mr GRIFFET.
Pardonnez-moi.

ESOPE.
    Vraiment pardonnez-moi vous même.
C'eſt peut-être un jargon qu'on n'entend qu'en ces
lieux ?

Mr GRIFFET.
C'eſt par tout l'Univers ce qu'on entend le mieux.

G

Que l'on aille d'un Grand implorer une grace,
Sans le tour du Bâton je doute qu'il la fasse :
Pour avoir un emploi de quelque Financier ,
C'est le tour du Bâton qui marche le premier :
On ne veut rien prêter , quelques gages qu'on offre,
Si le tour du Bâton ne fait ouvrir le coffre.
Il n'est point de coupable un peu riche & puissant
Dont le tour du Bâton ne fasse un innocent :
Point de femme qui joüe , & s'en fasse une affaire ,
Que le tour du Bâton ne dispose à pis faire :
Ministres de Thémis , & Prêtres d'Apollon
Ne font quoi que ce soit sans le tour du Bâton :
Et tel paroit du Roi le serviteur fidelle
Dont le tour du Bâton fait les trois quarts du zéle.
Vous êtes dans un poste à le savoir fort bien.

ESOPE.

Je vous jure pourtant que je n'en savois rien.
Je vois par ces effets & ces métamorphoses
Que le tour du Bâton est propre à bien des choses ,
Mais je ne conçois point où l'on peut l'apliquer.

M. GRIFFET.

Pour vous faire plaisir , je vais vous l'expliquer.
Rien n'est plus necessaire au commerce des hom-
   mes :
Et pour ne point sortir de la Ferme où nous sommes,
Lors que l'on offre au Roi la somme qu'il lui faut,
On ne biaise point & l'on parle tout haut ;
Cent millions , dit-on : plus ou moins , il n'importe,
On ajoûte à cela , mais d'une voix moins forte ,
D'un ton beaucoup plus bas; qu'on entend bien pour-
   tant ;
Et pour nôtre Patron une somme de tant ,
Soit par connoissance , ou soit par politique
C'est l'usage commun qui par tout se pratique.
Il n'est point d'Intendant en de grandes Maisons
Qui n'ait le même usage & les mêmes raisons :
Quand on y fait un bail de quoi que ce puisse être,

Et qu'on a dit tout haut ce que l'on offre au Maitre,
On prend un ton plus bas pour le revenant bon,
Et voilà ce que c'est que le tour du Bâton.
Son Etimologie est sensible, palpable.

ESOPE.

Ce n'est pas le seul tour dont vous soïez capable.
Peu de Fermiers, je croi, sont plus intelligens.

Mr GRIFFET.

J'en connois quelques-uns assez habiles-gens :
Mais qui ne feront point, tant ils sont debonnaires,
Ni le bien de l'Etat, ni leurs propres affaires.
Pour faire aller le peuple il faut être plus dur.

ESOPE.

Il est vrai : vous voulez le bien public tout pur.
Vous avez l'appétit toûjours bon ?

Mr GRIFFET.

Je devore.

ESOPE.

Quel âge avez-vous bien pour travailler encore ?
Ne mentez point.

Mr GRIFFET.

Lundi, j'eus quatre-vingts deux ans,

ESOPE.

Vous avez des enfans & des petits enfans ?

Mr GRIFFET.

Aucun. Je suis Garçon. Le Ciel m'a fait la grace
De même qu'au Phénix d'être seul de ma race,
Avec œconomie aiant toûjours vécu
J'ai depuis soixante ans mis écu sur écu :
Si bien que ce matin en consultant mes livres
J'ai trouvé de bien clair quinze cens mille livres
Sans avoir un Parent à qui laisser un soû,

ESOPE.

Vous ?

Mr GRIFFET.

Moi.

ESOPE.
Point d'enfans ?
Mr GRIFFET.
Non.
ESOPE.
Peste soit du vieux fou!
Un homme de bon sens travaille en sa jeunesse
Pour passer en repos une heureuse vieillesse !
Mais c'est un insensé qu'un voiageur bien las
Qui peut se reposer , & qui ne le fait pas.
Quel indigne plaisir peut avoir l'avarice ?
Et que sert d'amasser , à moins qu'on ne joüisse ?
C'est bien être ennemi de son propre bonheur.
Mr. GRIFFET.
Je veux , je le puis , mourir au lit d'honneur,
Quelque vieux que je sois , je me sens les piez fer-
mes.
J'ai rempli dignement tous les emplois des Fermes ;
Directeur , Reviseur , Caissier , *& catera* :
Et je prétens aller jusqu'au *non plus ultra*,
Estre Fermier.
ESOPE.
Hé quoi ! n'avez-vous rien à faire
Et de plus sérieux & de plus nécessaire ?
La mort toûjours au guet , avec son attirail,
Est-elle caution que vous passiez le Bail ?
Ne l'entendez-vous pas qui vous dit de l'attendre ?
Et que demain peut-être elle viendra vous pren-
dre ?
Il faudra tout quitter quand elle arrivera :
Et vous ne songez point à ce *non plus ultra*.
Quel âge attendez-vous pour être raisonnable?
Voulez-vous là-dessus écouter une Fable ?
Mr GRIFFET.
Volontiers.
ESOPE.
Elle est longue. Aurez-vous le loisir,...

Mr GRIFFET.

Plus elle durera, plus j'aurai de plaisir.
Une Fable un peu longue est une double grace.

ESOPE.

Vous y verrez des foux dont vous suivez la trace,
Et vous en verrez tant de toutes qualitez
Que vous reflechirez sur vous-même. Ecoutez.

L'Enfer.

FABLE.

A L'exemple d'Hercule, un certain téméraire
     S'estant fait jour jusques dans les Enfers,
Voulut voir des damnez les suplices divers :
    Ce n'estoit pas une petite affaire,
    Un jeune Diable à qui Pluton
    Permit ce jour-là d'être bon,
    (Sans tirer à conséquence)
    Conduisit l'Homme par tout,
    Et de l'un à l'autre bout
    L'honora de sa présence.
Il trouva là des gens de toutes les façons
    Hommes, femmes, filles, garçons,
Grands, petits, jeunes, vieux, de tout rang, de tout
  âge :
Il n'est profession, art, négoce, métier,
    Qui n'ait là-dedans son quartier,
    Et qui n'y jouë un personnage.
    Combien trouva t'il dans les fers
De gros Marchands Drapiers, le teint livide &
  jaune,
    Qui par le calcul des Enfers
De trois quarts & demi faisoient toûjours une
  aûne ?
Combien de Merciers du Palais

       G iij

Tourmentez d'autant de méthodes,
Que pour flatter le luxe ils lui prêtent d'attraits
        Par la multitude des modes ?
        Que de Coiffeuses en lieu chaud
        Pour avoir au tems où nous sommes
        Coiffé les femmes aussi haut
        Que les femmes coëffent les hommes?
Que de Cabaretiers, Caffetiers, & Traiteurs,
Ces premiers corrupteurs de la vie innocente
        Sont dans une chambre ardente
        Au rang des Empoisonneurs ?
Combien de Financiers & de teneurs de banque
Voulant compter le tems qu'ils seront encore là
        Trouvent que le chifre leur manque
        Et ne peuvent nombrer cela ?
Combien de grands Seigneurs, qui d'un devoir
    austére
D'une dette du jeu s'acquitoient sur le champ ;
        Et qui sont morts sans satisfaire
        Ni l'ouvrier ni le Marchand?
Combien de Magistrats, l'un bouru, l'autre avare,
Que jamais la main vuide on n'osoit aprocher,
Voiant que de leur tems la Justice étoit rare
Prenoient occasion de vendre bien cher ?
        Combien d'Avocats célébres
Qui rendoient noir le blanc par leurs subtilitez,
        Maudissent dans les ténébres
        Leurs malheureuses clartez ?
Si je voulois nommer les fragiles Notaires,
Les dangereux Greffiers, les subtils Procureurs,
        Les avides Secretaires
        Des nonchalans Raporteurs;
Et certains curieux galopeurs d'Inventaires,
Qui séduisent l'Huissier pour tromper les mineurs :
Si je voulois parler de tant de Commissaires
Qui font, comme il leur plaît, avoir raison, ou tort,

Des Médecins sanguinaires
Et précurseurs de la mort ;
Enfin si je faisois une liste fidelle
De tous les réprouvez que Pluton a chez lui
Ce seroit une Kirielle
Qui ne finiroit d'aujourd'hui.
Voici pour vous. Le jeune Diable & l'Homme
Qui voioient, de l'Enfer, tous les bijoux *gratis*
Aprés s'être bien divertis
A voir les damnez que je nomme ;
Entendirent hurler des Vieillards langoureux.
Qui sont ceux-là, dit l'Homme, & quel soin les
agite?
,, Nous sommes, répond l'un d'entr'eux,
,, Les affligez de mort subite.
,, Taisez-vous, imposteur, ou parlez autrement,
Dit le jeune habitant du Païs des ténébres ;
Vous mentez aussi hardiment
Qu'un faiseur d'Oraisons funébres.
,, Le plus jeune de vous a quatre-vingt dix ans ;
,, Et vous avez eu tout ce tems
,, Pour penser à la mort, sans y donner une heure.
Vieux, cassé, décrepit, la mort vient, & vous
prend :
,, Aprés un terme si grand
,, Est-il étonnant qu'on meure ?
,, Dans le moment que la mort vous surprit,
,, Une vetille, un rien occupoit vôtre esprit ;
,, Vous aviez l'œil à tout jusqu'à la moindre rente :
,, Et vous faisiez, quant au surplus,
,, L'affaire la moins importante
,, De celle qui l'étoit le plus.
,, Allez pour jamais, misérable
,, Pleurer d'un tems si cher l'usage si fatal,
Ne m'avoüerez-vous pas que pour un jeune Diable
Il ne raisonnoit pas trop mal ?

G iiij

Examinons un peu vous & moi quel usage
Vous avez fait du tems pendant un si grand âge.
Vos quatre vingt deux ans continnent dans leurs
cours
Le nombre (ou peu s'en faut) de trente mille jours:
Et de ces jours usez pour bien finir le terme ,
Prest d'enrrer au Tombeau vous entrez dans la Fer-
me !
Et pourquoi pour du bien vous donner tant de soin,
Vous , qui dans quatre jours n'en aurez plus besoin?
Pour vous ouvrir les yeux j'ai dit ce qu'on peut dire
Adieu. Quoi que ma Fable ait sceu vous faire rire ;
Faites reflexion , en homme prévoiant
Que c'est la verité que je dis en riant.

Fin du quatriéme Acte.

ACTE V.

SCENE I.

CRESUS, TIRRENE, TRASIBULE, GARDES.

CRESUS.

Ce que vous m'aprenez a si peu d'aparence
Que je ne puis sans honte y donner de croiance,
Esope me trahir ? lui, qui me sert si bien !
J'en serois assuré que je n'en croirois rien.
Je n'ai point de sujet qui me soit plus fidele.

TIRRENE.

Il se peut qu'on ait tort de soupçonner son zéle ;
Peut-être de l'Envie est-ce un subtil poison ;
Mais il se peut aussi, Seigneur, qu'on ait raison ;
Et de qui que ce soit que cet avis puisse être
De celui qu'on soupçonne il faut se rendre maître.
Donnez ordre, Seigneur, qu'on l'arrête.

CRESUS.

                         Qui, Moi ?
Que je sois insensible à ce que je lui doi ?
Et qu'une ingratitude odieuse, effroiable
(Vice le plus honteux dont un Roi soit capable)
Soit l'injuste salaire & du zéle & des soins
Dont vos yeux & les miens ont été les témoins ?
Pouvez-vous m'inspirer un sentiment si lâche ?

TRASIBULE.

Seigneur, à vous servir apliqué sans relâche,
J'aurois crû faire un crime à vous dissimuler
Ce que vôtre interêt me défend de celer.
J'ai dû, comme sujet & fidele & sincere,
Vous avertir qu'Esope avec son air austere,
Qui semble être ennemi de l'argent & de l'or,
A dans une Cassette en secret un Tresor.
J'ignore le détail de ses supercheries ;
Quel argent il possede ou quelles pierreries ;
Mais à parler sans haine & sans prevention
Je croi dans sa Cassette au moins un million.

TIRRENE.

Un million ! Seigneur, il suprime le reste :
Dans la place d'Esope on n'est point si modeste.
Quand on peut ce qu'on veut on étend loin ses droits:
C'est peu d'un million il en a plus de trois :
L'ambition, Seigneur, n'a guéres de limites.

CRESUS.

Pensez bien l'un & l'autre à ce que vous me dites.
Esope criminel, quels que soient ses remors,
Je vous donne à tous deux ce qu'il a de Tresors :
Mais Esope innocent, par la même justice
Je lui fais de vos biens un égal sacrifice.
La récompense est sûre ou la punition.

TRASIBULE.

J'accepte avec plaisir cette condition.

TIRRENE.

Je m'y soûmets aussi, Seigneur, & par avance
Je soûtiens. . . . .

CRESUS.

Vous direz le reste en sa presence
Pour le rendre suspect en vain l'on me prévient :
Je l'ai fait avertir, & je le voi qui vient.
Il faut que cette intrigue ici se dévelope.
Laissez-moi lui parler : Je vous l'ordonne.

SCENE II.

CRESUS, ESOPE, TIRRENE, TRASIBULE, GARDES.

CRESUS.

Esope ?
On t'accuse en ce lieu de manquer de foi.
Je t'en veux croire seul. Me trompes-tu ? Dis.

ESOPE.

Moi,
Seigneur ? De vôtre part ce soupçon m'est sensible.
Je ne vous ai point dit que je fusse infaillible.
Peut-être avec ardeur prenant vos interests,
Ai-je pû me tromper & vous tromper aprés :
Mais d'aucune action je ne me sens capable
Qui me puisse envers vous rendre un moment cou-
[pable

CRESUS.

Et si je te convaincs, quand je me fie à toi,
De me faire un secret contre la bonne foi,
Que diras-tu ?

ESOPE.

Seigneur, ce discours m'inquiette.
Moi, des secrets pour vous !

CRESUS.

Et dans une Cassette
Qui dans ton Cabinet conduit souvent tes pas,
N'as-tu rien de caché que je ne sâche pas ?

ESOPE.

Eh bons Dieux ! se peut-il que pour si peu de chose
Vous ayïez du chagrin & que j'en sois la cause ?

CRESUS.

Je la veux voir.

ESOPE.

Seigneur, daignez m'en dispenser,
J'ai mes raisons.

CRESUS.

Qu'i tens-je? & que puis-je penfer?
Quelles raifons as-tu que tu n'ofes me dire ?

TIRRENE.

Hé n'eft-ce pas, Seigneur, affez vous en inftruire ?
Que voulez-vous de plus ? Interdit & contraint
Le refus qu'il vous fait montre affez ce qu'il traint.

TRASIBULE.

Seigneur, de la parole il a perdu l'ufage :
Vous faut-il de fon crime un plus grand témoignage?
S'il étoit innocent , pour fortir d'embaras,
Une Fable à propos ne lui manqueroit pas :
Mais de fa trahifon la preuve eft fi facile
Qu'un fi foible fecours lui paroît inutile.

CRESUS.

On t'acufe ; on t'infulte ; & tu ne répons rien ?

ESOPE.

Que dirois-je, Seigneur, que vous ne fachiez bien ?
Quel que foit l'embarras où leur haine me jette,
Elle eft de mon filence un mauvais interprete :
L'innocence eft timide & non la trahifon.
Si je ne répons pas , en voici la raifon.

La Trompette & l'Echo.

FABLE.

,, D'Où vient dit un jour la Trompette,
,, Qu'il ne m'échape rien qu'Echo ne le repete ;
,, Et que pendant l'Eté quand il tonne bien fort,
,, Loin de vouloir répondre il femble qu'elle dort ?
,, Le bruit eft bien plus grand quand le Tonnerre
　　gronde,
Que lors qu'en badinant je m'amufe à fonner.
　　Echo de fa grotte profonde
　　L'entendant ainfi raifonner :
,, A tort mon filence t'étonne.

,, Je n'hésite jamais à répondre à tes sons :
    ,, Mais j'ai, dit-elle, mes raisons
,,Pour ne répondre pas lors que Jupiter tonne.
    ,, Aux suprêmes Divinitez
    ,, Jamais nos respects ne déplaisent :
    ,, Et quand les Grands sont irritez,
    ,, Il faut que les Petits se taisent.

CRESUS.

Parle. Je ne suis point irrité contre toi;
Tu n'as aucun ami qui le soit plus que moi.
Ta vertu soupçonnée est tout ce qui m'irrite.

TIRRENE.

En disant une Fable ii croit en être quitte.
C'est ainsi que du Peuple obsédant les esprits
Par sa fausse Morale il en a tant surpris.
Pendant qu'à vos Sujets il débite des Fables,
Il acquiert sourdement des Trésors veritables.
Combien dans sa Cassette en va-t'on découvrir !

ESOPE.

Hé bien, Seigneur, hé bien, il la faut faire ouvrir:
Quoi que jusqu'à ce jour j'ose croire ma vie
A couvert des efforts de la plus noire envie,
J'avouë ingénûment qu'il m'eût été bien doux
Que jamais ce secret n'eût été jusqu'à vous.
Vous le voulez savoir il faut vous satisfaire.

TRASIBULE.

Seigneur, s'il va seul il en va tout distraire,
Détourner les moiens de sa conviction,
Et peut-être en Bijoux sauver un million :
Il peut en un moment faire tout disparoître.

ESOPE.

Pour ne rien détourner je veux bien n'y pas être.
En garde contre vous, comme vous contre moi,
Tout ce que je demande est que ce soit le Roi,
(Lui, qui de l'équité fait son plaisir suprême)
Qui la fasse apporter & qui l'ouvre lui-même.

ESOPE

Heureufement, Seigneur, j'en ai les Clefs ici.
La Clef du Cabinet eft celle que voici :
L'autre, qu'aucun mortel n'auroit qu'avec ma vie,
Eft celle du Trefor dont on a tant d'envie.
Je les mets avec joie entre vos mains.

CRESUS.

    Hola !

Il parle bas aux Gardes.

Obfervez bien mon ordre, & ne touchez que là,
Je vous atens.

TIRRENE.

 Seigneur, fouvenez-vous du pacte,
La parole des Rois jamais ne fe rétracte.

CRESUS.

Quand il en fera tems je m'en fouviendrai bien.
Efope criminel, c'eft à vous tout fon bien :
Et pour être auffi jufte envers l'un qu'envers l'autre,
Vous Calomniateurs, c'eft à lui tout le vôtre.
 Tu dois, s'ils m'ont dit vrai, par tes exactions
Avoir en ta puiffance au moins trois millions.
Ne me déguife point ce que je puis connoître.
Es-tu riche ?

ESOPE.

 Moi, Riche ! Eh demandé-je à l'être ?
Loin que le bien, Seigneur, me caufe aucun fouci,
N'aiant befoin de rien je ne veux rien auffi.
Si vous me retirez la main qui me protege
Tel que je fuis venu, tel m'en retournerai-je ;
Et je verrai l'éclat dont fous vous j'ai brillé
Comme on void un beau fonge après être éveillé,
Soiez content de moi, je le fuis du falaire.

TRASIBULE.

Vous allez fur le champ découvrir le contraire ;
Et ce que par vôtre ordre on aporte en ces lieux
Va lui fermer la bouche & vous ouvrir les yeux,
Seigneur.

SCENE III.

LES GARDES QUI REVIENNENT, CRESUS, ESOPE, TIRRENE, ET TRASIBULE.

CRESUS.

C'Eſt ton Treſor. Eſope, avant qu'on l'ouvre,
Et que ce qu'il enferme à mes yeux ſe découvre ;
Fais m'en, je t'en conjure, un ſincere détail.
C'eſt le prix de tes ſoins, le fruit de ton travail.,
Cette épreuve t'eſt rude & me fait violence.

ESOPE.

Cette épreuve à l'envie impoſera ſilence :
Et je ne puis, Seigneur, en être mieux vengé
Qu'en la rendant témoin de tout le bien que j'ai.
Tout ce que je dirois lui ſembleroit frivole.

TIRRENE.

Qu'attendez-vous, Seigneur, à nous tenir parole ?
De ſa fauſſe fierté faites-le repentir.

CRESUS.

Hé bien ! Puiſqu'on m'y force il y faut conſentir.
Ouvrons. Ciel ! Quel ſpectacle eſt-ce ici que l'on m'offre ?
Gardes.

UN GARDE.

Seigneur ?

CRESUS.

Voiez ce qu'enferme ce Coffre.
On n'y trouve que l'Habit d'Eſope quand il étoit eſclave.
Eſt-ce là le Tréſor qu'on m'oblige à chercher ?

ESOPE.   [cher.

Oüi, Seigneur ; vous voiez ce que j'ai de plus

C'eft l'Habit que j'avois quand par un fort propice
Il vous plût me choifir pour vous rendre fervice.
Habit vil , mais qu'on porte avec tranquillité;
Qu'inventa la pudeur , & non la vanité ;
Qui jamais contre moi n'eût foûlevé l'envie
Si je l'euffe porté pendant toute ma vie ;
Et que je redemande à vôtre Majefté
Avec plus de plaifir que je ne l'ai quitté.
Comme je n'ai rien fait pour m'attirer la haine
Dont vouloient m'acabler Trafibule & Tirrene,
C'eft de mon crédit feul dont ils font mécontens ;
Et tous deux ne font rien qu'on n'ait fait de tout
    tems.
Quelque foin qu'il fe donne , & quelque bien qu'il
    faffe,
Quel Miniftre eft aimé pendant qu'il eft en place?
Et quand de fa carriere il a fini le cours
Ceux qui le haïffoient le regrettent toûjours.
D'un fi dangereux Pofte aprouvez ma retraite
Je connois, mais trop tard, la faute que j'ai faite.
Que ferois je à la Cour, moi, qui ne fuis, Seigneur,
Hipocrite , jaloux , médifant , ni flateur ?

C R E S U S.

Pour ta retraite , non. Tu m'eft trop neceffaire.
Mais pourquoi cet Habit ; & qu'en voulois tu faire?
Quel bizarre plaifir t'obligeoit à le voir ?

E S O P E.

L'orgueil fuit de fi prés un extrême pouvoir
Que fouvent dans la Place où j'avois l'honneur d'ê-
    tre
De ma foible raifon je n'étois pas le maître.
Souvent l'éclat flateur de ce rang fortuné,
M'élevant au deffus de ce que je fuis né ;
Pour être toûjours prêt à rentrer en moi-même,
Je gardois ce témoin de ma mifere extrême :
Et quand l'orgueil fur moi prenoit trop de crédit,
Je redevenois humble en voiant mon Habit.
Voilà

Voilà tout mon Trefor. Quelque peu qu'il me coûte,
Je ne m'en dedis point , c'eſt un Trefor ſans douce:
Puiſque lors qu'on travaille à me ſacrifier
Il vient à mon ſecours pour me juſtifier.
Si contre mon devoir c'eſt tout ce qu'on opoſe,
Combien de gens , Seigneur , s'ils faiſoient même
   choſe,
Sàchant ce qu'ils étoient , & voiant ce qu'ils ſont,
Auroient à vôtre Cour moins d'orgueil qu'ils n'en
   ont.

CRESUS, *à Tirrene.*

Hé bien ! mes vrais Amis , que ce ſuccez déſole
Vous ne me preſſez plus de vous tenir parole !
Je vous pardonnerois un effort plus puiſſant
Pour me faire trouver un coupable innocent :
Mais de vous pardonner je me ſens incapable
Lors que d'un innocent vous faites un coupable,
Pour agir ſans aigreur je ſuis trop irrité.
Eſope plus tranquille aura plus d'équité.
Sûr qu'il eſt toûjours juſte en tout ce qu'il ordonne,
A ſon reſſentiment le mien vous abandonne.
Il ne peut , quoi qu'il faſſe , aprés vos duretez,
Vous cauſer tant de maux que vous en meritez.

Aux Gardes.

Vous , que je laiſſe exprés pour garder cette Porte ;
Que ſans l'aveu d'Eſope aucun n'entre ou ne ſorte :
Et que ſon ordre ici puiſſe autant que le mien.

SCENE IV.

ESOPE, TIRRENE , TRASIBULE, GARDES.

ESOPE.

A Vôtre tour, Meſſieurs, vous ne dites plus rien.
  Tantôt vous ſoûteniez , pour me tirer d'affaire
Qu'une Fable , à propos , eût été neceſſaire ;

Je vous ai crû.　Voions pour vous mettre en repos.
Ce que vous me direz qui puisse être à propos.
Que vous avois-je fait pour vouloir me détruire ?

TIRRENE.

Et !que vous faisons-nous en cherchant à vous nuire?
Plus de vos Ennemis attaquent vos Vertus,
Plus vous avez de gloire à les voir abatus.
Malgré tout le chagrin dont vôtre ame est saisie,
Vous êtes redevable à nôtre jaloufie :
Aucun de vos amis , le fut-il à l'excez,
N'a travaillé pour vous avec tant de fuccez.
Quel honneur plus parfait voulez-vous qu'on vous
　　fasse ?

ESOPE.

Il est vrai ! j'oubliois à vous en rendre grace :
Je dois être content de vos bontez pour moi.

TRASIBULE.

Est-ce un crime à punir que de servir son Roi ?
Aiant sû qu'un Trefor que l'on difoit immenfe
Pouvoit de ce Monarque affoiblir la puiffance,
Pour ne le pas trahir , nous avons crû devoir
En fidéles Sujets le lui faire favoir.
Par bonheur pour l'Etat , ce font des impoftures.
Au milieu des Trefors vous avez les mains pures.
Puiffe un fi digne exemple un jour être à l'envi
Par tous vos fucceffeurs éxactement fuivi !
Voilà le plus grand mal dont vous puiffiez vous
　　plaindre,
Celui qui nous menace est beaucoup plus à craindre.
Par une Loi fevere entre Crefus & nous
Nous ne poffedons rien qui ne doive être à vous.
Mais c'eft un foible apas pour une ame fi haute.

ESOPE.

Si mon mal n'eft pas grand , ce n'eft pas vôtre faute;
De vôtre intention pleinement éclairci,
Ila mienne eft d'imiter l'exemple que voici.

L'Homme & la Puce.

FABLE.

Par un homme en courroux la Puce un jour sur-
    prise,
Touchant, pour ainſi dire, à ſon moment fatal ;
Lui demanda ſa grace, & d'une voix ſoûmiſe,
,, Je ne vous ai pas fait, dit-elle, un fort grand mal.
,, Ta morſure, il eſt vrai, me ſemble un foible ou-
    trage ;
,, Dit l'homme : Cependant n'eſpere aucun pardon :
,, Tu m'as fait peu de mal ; mais j'en ſai la raiſon,
,, C'eſt que tu ne pouvois m'en faire davantage.

Si j'euſſe été coupable & que j'euſſe eu du bien,
Eſt-il un mal plus grand que l'eût été le mien ?
Je dois à vôtre inſulte une peine auſſi grande,
Et mon honneur.........

SCENE V.

UN GARDE, ESOPE, TIRRENE, TRASIBULE.

UN GARDE.

Rodope eſt là qui vous demande,
Nous n'avons ſans vôtre ordre oſé la faire entrer.
ESOPE.
J'ignore quel ſujet peut ici l'atirer.
Qu'elle entre.

TIRRENE.
Elle a pour nous une haine mortelle.

SCENE VI.

RODOPE, ESOPE, TIRRENE, TRASIBULE, GARDES.

RODOPE.

MA Mere attend vôtre ordre , & je l'attens
    comme elle.
Vous l'avez conviée à fouper avec vous :
Il eſt tard.

ESOPE.
    Ce plaiſir m'auroit été bien doux :
Mais qu'à la Cour , Rodope , on eſt prés du nau-
    frage !
Traſibule & Tirrene à qui je fais ombrage,
Ont voulu m'accabler ſous leurs injuſtes coups.
Si je veux me vanger , je le puis.

RODOPE.
          Vangez-vous.
Tous deux dans leur Patrie , & nous loin de la nôtre
Ma faveur les irrite auſſi bien que la vôtre.
Que leur haine pour nous rejalliſſe ſur eux :
Une faute impunie en fait commettre deux.
D'un Ruiſſeau qui peut nuire interrompez la courſe :
Et pour faire encor mieux tariſſez-en la ſource.
Vous avez le pouvoir ; décidez , ordonnez.

SCENE VII.

CRESUS, ARSINOÉ, ESOPE, RODOPE, TIRRENE, TRASIBULE, GARDES.

CRESUS.

HE bien ! Esope, à quoi les as-tu condamnez ?
Dans mes premiers transports me trouvant
trop à craindre,
Je me suis retiré pour ne pas te contraindre,
As-tu vangé sur eux ton honneur offensé ?
Parle.

ESOPE.

Je n'ai, Seigneur, encore rien prononcé.
Peut-être que mon cœur penetré de l'offense
Sous le nom de Justice useroit de vengeance ;
Et que de ma rigueur bien loin de me loüer.
Vous n'hésiteriez pas à me desavoüer.

CRESUS.

Te désavoüer ! moi ? qui t'estime, qui t'aime,
Et qui prens à ton sort plus de part que toi-même ?
Je suis en ta faveur prêt à souscrire à tout.

ESOPE.

Ils n'ont rien épargné pour me pousser à bout.
Permettez qu'à mon tour, Seigneur, je les y pousse
Un outrage est sensible, & la vengeance est douce.

CRESUS.

La tienne est toute juste, ou l'on n'en vit jamais.

ESOPE.

Me la permettez-vous ?

CRESUS.

Oüi ; je te la permets.
Vange-toi. Tu le peux. Tu le dois. Je l'ordonne.

ESOPE.

Puis que je puis-ufer du pouvoir qu'on me donne,
Je les condamne donc, dûffai je être trahi,
A tâcher à m'aimer autant qu'ils m'ont haï.
A l'égard de leur bien, loin d'y vouloir pretendre,
Je les condamne auffi, Seigneur, à le reprendre :
Si vôtre ordre contre eux avoit tout fon effet,
Leurs enfans fouffriroient d'un mal qu'ils n'ont pas
  fait.
Enfin, je les condamne à n'avoir de leur vie
De l'emploi que j'occupe une imprudente envie :
Un Miniftre honnête homme & qui fait fon devoir
Eft lui-même accablé fous un fi grand pouvoir :
Quoi qu'avant le Soleil tous les jours il fe leve,
Jufqu'à ce qu'il fe couche il n'a ni paix ni tréve ;
Et durant la nuit même attentif à prévoir,
Le repos de l'Etat l'empêche d'en avoir.
Du plus foible parti fouffrez que je me range,
Et que ce foit ainfi, Seigneur, que je me vange.
Ils avoient de la joie à caufer mon malheur ;
Et j'aurois du chagrin fi je caufois le leur.

CRESUS.

Non, je prétens au moins que leurs biens t'apartien-
  nent.

ESOPE.

Que voulez-vous, Seigneur, que fans biens ils de-
  viennent ?
Etre de qualité fans du bien, c'eft un fort
Pour peu qu'on ait de cœur, plus cruel que la mort.
Il fuffit qu'à vos yeux je ne fois point coupable.
La vengeance facile eft honteufe & blâmable.
C'eft un honneur pour moi preferable à leur bien,
De pouvoir me vanger & de n'en faire rien.
Tandis que la balance eft encore fufpenduë,
Donnez à vos bontez toute leur étenduë.
Les Rois, comme les Dieux, font faits pour par-
  donner.

TIRRENE.

Ah ! C'en est trop. Seigneur , quoi qu'on puisse
 ordonner ;
Quelque punition qui suive nôtre crime,
La plus dure à souffrir est la plus legitime,
De la bonté d'Esope étonnez & confus,
Nous ne pouvons tenir contre tant de vertus.

TRASIBULE.

Oüi , Seigneur , de son bien avides l'un & l'autre,
C'est à lui justement qu'apartient tout le nôtre.
Vous avez fait la Loi , nous y sommes soûmis.

ESOPE.

Non ! Laissez-moi , Seigneur , aquerir deux Amis,
Si jamais mon service eut le bien de vous plaire,
Accordez-moi , Seigneur, leur grace pour salaire :
C'est une récompense un peu forte pour moi ?
Mais un Roi doit toûjours récompenser en Roi.
Par leur confusion , leurs remors , leurs allarmes,
Leur crime n'est-il pas expié ?

CRESUS.

        Tu me charmes.
A remplir tes désirs je n'ai tant hesité
Que pour voir jusqu'au bout ta generosité.
  Trasibule , Tirrenne , Esope vous pardonne :
Et j'aime à profiter des exemples qu'il donne.
Quel Sujet fut jamais plus utile à son Roi ?
à Arsinoé.
Mais de tous ses conseils le plus charmant pour
 moi,
Madame , c'est celui que son zéle me donne
De vous sacrifier Argie & sa Couronne :
Plus heureux d'être esclave en de si beaux liens,
Que de me voir un jour Maître des Phrygiens.

ARSINOÈ.

Quelle faveur pour moi qu'un pareil sacrifice !
D'Esope à qui je dois cet important service
Faites que la Fortune arrive au plus haut point.

CRESUS.

Hé quel bien puis-je faire à qui n'en cherche point?
Je ne sai qu'un plaisir que je lui puisse faire,
Comme à toute ma Cour Rodope a sû lui plaire,
Et je veux que demain au même Autel que nous......

ESOPE.

Nous avons, elle & moi, trop de respect pour vous,
Et le Ciel entre nous, Seigneur, met trop d'espace
Pour oser accepter une pareille grace.
Ce seroit un orgueil inexcusable à moi
De joindre mon Hymen à celui de mon Roi:
Quelques mois de délai, loin de fâcher Rodope......

SCENE DERNIERE.

ATIS, CRESUS, ARSINOE, ESOPE, RODOPE, TIRRENE, TRASIBULE, GARDES.

ATIS.

SEigneur, le Peuple émû demande à voir Esope,
On répand dans Sardis des bruits confus & sourds
Que pour sa récompense on attente à ses jours.

CRESUS.

A ce Peuple agité viens te faire paroître.
Du jour de ton Himen je te laisse le maître.
Mais pour moi, c'est un terme assez long que demain.

ESOPE.

Unissez bien vos cœurs en vous donnant la main.
Puissiez-vous, tout un Siecle oubliez par les Par-
     ques,
De la faveur des Dieux sans cesse avoir des marques!
Et puissent vos Enfans, aimez & crains de tous,
Voir un jour naître d'eux d'aussi grands Rois que
     vous.

FIN.